故事性情境 ╳ 分段式學習法

沉浸式模擬情境會話，搭配音檔完整拆解句子
迅速抓到對話節奏感，輕鬆應付日商公司各種場合！

使用說明

重點❶ 手把手教你應徵日商公司！

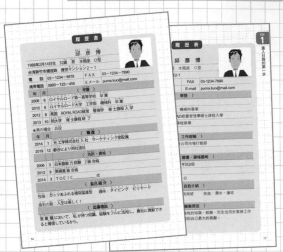

會日文不代表就能寫好日文履歷表、也不保證能夠應徵到日商公司！擁有一份好的日文履歷表、加上面試時掌握所有禮儀細節絕對能增加錄取機會！

本書鉅細靡遺、手把手教你應徵日商公司的所有細節！從準備資料開始，再到寫好一份日文履歷表、自我推薦信、與日商公司E-mail或電話詢問面試機會，再到模擬面試情境……等等。教你如何完整包裝自己，讓你面試工作時都能無往不利！

重點❷ これはタブー（禁忌）！這麼做你就慘了！

日商公司禁忌、眉角全部一把抓！
讓你成為公司裡的最佳同事和客戶眼中的最佳代言人！

想要修改面試時間可以直接在電話中提出嗎？穿全身名牌的服裝去面試最合適嗎？在與客戶交換名片時可以直接把對方名片收起來嗎？如果客戶延遲付款要馬上停止出貨嗎？在日商公司工作不可不知的禁忌，全部收錄在本書裡！每個單元都會先點出要注意的地方，讓你清楚了解所有眉角所在！完美避開可能會犯的錯誤！

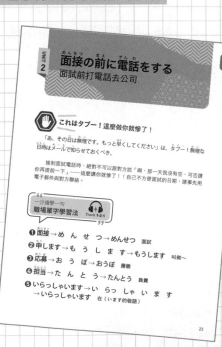

重點❸ 一分鐘學一句　職場單字學習法

學會日商常用單字，短時間迅速累積單字量，衍生更多會話！

每個單元皆列舉日商公司重要單字，搭配MP3拆解每個單字，採取一字一字唸的發音記憶法，先慢速再快速，增加大腦記憶！片假名單字也貼心加註平假名發音，讓你看到單字就會唸！讓你短時間迅速累積近500個日文單字量！

重點❹ 一分鐘學一句　分段式會話學習法

日商職場必用會話全收錄！分段式學習讓你抓到會話節奏感！

分段式會話可以一目瞭然依照正確的斷句方式迅速抓到句子的節奏感，搭配MP3讓你輕鬆上手、無痛學習！本書共收錄300句常用會話，只要記住這些萬用對話，就能讓你輕鬆應付各種場合！和同事交流時或和客戶洽談時不再尷尬卡詞，讓你在職場社交上如魚得水！

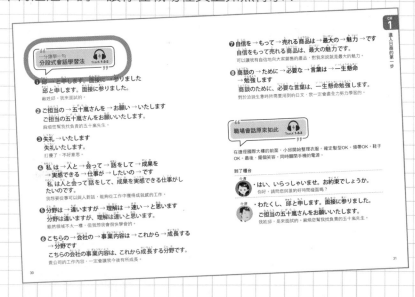

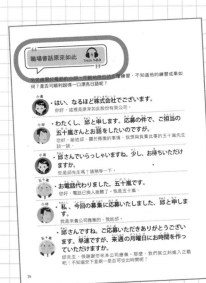

重點❺ 職場會話原來如此

真實的職場模擬對話，
沉浸式學習，成效加倍！

本書職場會話用故事情境帶入主角小邱的無厘頭作風，從剛進入日商的菜鳥行為所鬧出的許多笑話，到最後終於接到大訂單的興奮與喜悅，與讀者共同努力、一同學習、一同成長！身歷其境的沉浸式學習，讓你在不知不覺中學會日商職場的各種情境會話！

重點❻ 這時候你要這麼做

在會話中隨時隨地提醒你現在應該做什麼，無形中學習在日商職場上的應對，以及應該要有的態度與禮儀！

本書透過故事性對話，從模擬情境裡，由主角小邱的會話中穿插提醒當下應該表現的態度，就像有個隱形老師在身邊，讓你和客戶洽談時可以時刻保持禮儀，給對方留下好印象！

重點❼ 戰勝職場祕笈

你不可不知的所有職場相關用語都在這裡！

身為日商人不能不知的職場敬語！身為日商人不能不清楚日本人姓名！身為日商人不能不懂什麼叫FOB或CIF！身為日商人更不能不會疫情期間常用的相關用語！本書收錄了日商職場必備基礎知識與單字！幫你一網打盡所有你所需的用語！

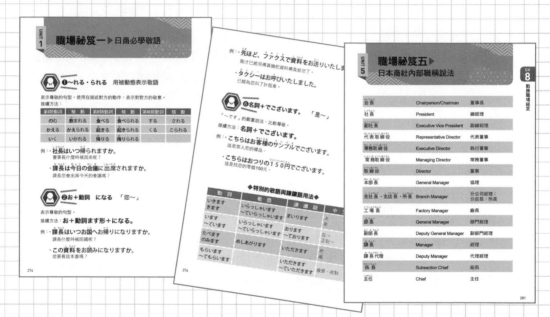

重點❽ 雙語對照，無縫接軌！先學日文，再看中文

日文中文一次到位、同步學習，輕鬆完整吸收所有內容！

本書貼心設計——日文字體大，中文字體小——先從日文學起，再看中文翻譯，雙語對照，無縫接軌！再搭配MP3學習，輕鬆融入情境，聽說讀寫完全囊括，讓你學習效率更加倍！

　　隨著赴日留學的人數增加，以及在台灣設立的日系公司日漸增多，日語學習者需具備的日語能力也必須更多樣化。

　　「會日語增加6倍工作機會」！此調查結果是根據某就業雜誌所做的職場需求調查所得知的結果。會日語可以做很多工作，例如進入日商、翻譯、跑單幫、導遊……等，可以從事的工作非常多。其中又以「進入日商公司」為日語人的最大目標。普遍來說，日商的福利好、穩定、並且鼓勵職員學習，因此進入日商便成了很多日語學習者的目標。

　　本書作者之一的日本語學校專業日語教師──鈴木裕子老師曾在日本商社服務多年，在日本語學校也教授職場商業會話課程，在這本《KAKU老師的快熟商用日文》一書當中，鈴木老師以她多年來的日商職場實戰經驗來教導大家最正確的日商職場應對方式。同時筆者也曾經從事與日商往來貿易的工作，也曾多次擔任日商來台隨行口譯的工作，因此在工作當中對職場的應對方式也有很深刻的體認，希望將自己真實的職場經驗與大家分享，同時幫助大家在日商職場上能無往不利！

　　本書主要分成七大場面會話，從一開始的履歷表，到面試、接電話、拜訪客戶、接待客戶、與客戶交涉、處理麻煩事、成功接下訂單，每一個環節皆以六個主要人物串場，讓大家一邊看連續劇，一邊學好商用日語會話！

　　本書主要單元如下：

★新人第一步
會日文不代表可以寫一份好的日文履歷表！寫一份好的日文履歷表，增加6倍工作機會！

★これはタブー！這麼做你就慘了！
日商公司禁忌全部一手抓！不再當場臉紅、不知所措！

★一分鐘學一句　職場單字學習法
學會商用單字，衍生更多會話！

★一分鐘學一句　－分段式會話學習法
日商職場必用會話全收錄！分段式會話標明背誦斷句處，幫助快速背誦！

★職場會話原來如此
真實的職場模擬對話，學習不死板！

★這時侯你要這麼做
隨時隨地提醒你應該做什麼！

★戰勝職場秘笈
所有職場相關用語＆職場知識都在這！

希望這本書可以幫助大家了解並順利進入理想的日商公司，同時讓自己成為一個出色的日商人，説日語不再讓自己臉紅。

鈴木裕子　郭欣怡

目次

第1章

新人第一歩 →進入日商的第一歩
しんじんだいいっぽ

第8章

職場の宝 →戰勝職場祕笈

しょくば たから

第1章

しんじんだいいっぽ
新人第一歩
進入日商的第一歩

応募する　履歴書を書く

應徵：寫履歷表

ポイント 履歴重點❶

・応募先にあった内容で書く。

根據要應徵的公司所列出的重點來填寫。

・応募先については、可能な限りの情報を集め、相手が求めている部分に焦点を当てて書く。

寫履歷表之前，在可能的範圍之內，盡量收集有關公司的資訊。

ポイント 履歴重點❷

・採用側が知りたい情報を優先して書く。

優先寫下公司想知道的相關資訊。

・学歴、職歴、持っている資格、自分の希望を目立たせる。

盡量將自己的學歷、工作經歷、擁有的能力資格證明以及自己的未來發展願景寫清楚。

ポイント 履歴重點❸

・文体は簡潔に、実績は具体的に。

文體要簡潔有力，實際的工作成績也必須寫得具體一點。

ポイント履歴重點❹

• 職歴に空白期間がある場合は、その間に行っていたことを、応募職種に関連付けて、前向きな姿勢を強調する。

假如在工作經驗當中，出現空白期間的話，請把在此期間所做的事情，跟自己所要應徵的工作做相關的連結，展現並強調自己積極的態度。

ポイント履歴重點❺

• 職歴がある場合は、仕事の内容、実績の詳細、今回の志望動機を書いたカバーレターを添えよう。

填寫工作經驗的時候，可以附上一封寫有工作內容、實際業績及應徵動機的「自我推薦信」。

履歴書

邱彦博

1988年2月14日生　32歳　男　水瓶座　O型

台湾新竹市捷徑路　捷徑マンション2－1

電　話	03－1234－5678	ＦＡＸ	03－1234－7890
携帯電話	0900－123－456	Ｅメール	puma.kuo@mail.com

年	月	〈 学歴 〉
2006	6	ロイヤルロード第一高等学校　卒業
2010	6	ロイヤルロード大学　工学部　機械科　卒業
2012	9	英国　ROYAL ROAD経営　管理学　修士課程入学
2013	10	同大学　修士課程終了

★男の場合：兵役

年	月	〈 職歴 〉
2014	1	光工学株式会社入社　マーケティング部配属
2019	12	都合により同社退社
		〈 免許・資格 〉
2006	3	日本語能力試験　2級合格
2012	9	英検高級合格
2014	3	ＴＯＥＩＣ＿＿＿＿＿＿点

〈 自己紹介 〉

性格：ガッツあふれる猪突猛進型　　趣味：ダイビング　ビリヤード

座右の銘：人生は楽しく！

〈 応募理由 〉

営業職において、私が持つ知識、経験をフルに活用し、貴社に貢献できると確信しているから。

履 歷 表

邱 彥 博

1988年2月14日生　32歲　男　水瓶座　O型		
台灣新竹市捷徑路　捷徑大樓2-1		
電　　話	03-1234-5678	FAX	03-1234-7890
行動電話	0900-123-456	E-mail	puma.kuo@mail.com

年	月	〈　學歷　〉
2006	6	捷徑第一高中畢業
2010	6	捷徑大學　工學院　機械科畢業
2012	9	英國　ROYAL ROAD經營管理學碩士課程入學
2013	10	同一所大學　碩士課程修畢

★男生的話：服兵役

年	月	〈　工作經驗　〉
2014	1	進入光工學股份有限公司市場行銷部
2019	12	因故離開公司

		〈　證書・資格證明　〉
2006	3	通過日本語能力檢定考試2級
2012	9	通過英檢高級
2014	3	TOEIC＿＿＿＿＿＿ 分

〈　自我介紹　〉

個性：充滿活力、積極、喜歡自我突破　　興趣：潛水、撞球
座右銘：人生就是要快樂地過！

〈　應徵原因　〉

希望可以進入業務部，將自己所擁有的知識、經驗，完全活用於業務工作
當中，並確信自己可以為貴公司盡到自己最大的貢獻。

　光工学株式会社に2014年1月に、入社以来、一貫して、マーケティング部において、東アジアの市場の情報収集、データ分析をし、販売戦略や市場開拓の仕事をしてきました。

　的確な予測によって、2015年に起きた東アジアでの通貨危機の際には、会社としての損失を避けることができました。その実績が評価され、サブ・マネージャーの待遇を得ました。しかしながら、部門間での仕事の分担が明確であり、顧客と接する機会は皆無でした。

　私は入社する際にも、営業職を希望していましたが、経営学修士を得ているという理由で、マーケティング部に配属されました。同部においての実績が評価されるようになってからは、さらに、異動の可能性は少なくなりました。

　大学において、機械工学を専攻したにもかかわらず、大学院では、経営学を専攻したのは、研究職であるよりは、多くの人とコミュニケーションをしながら、自ら、市場を開拓したいという希望があったからです。

　私には、機械工学の基礎があり、貴社の製品に対して専門的な知識を得るのに自信を持っています。また、マーケティングの経験を生かし、データを活用し、効率的な営業ができるはずです。

　日本語については、前職に在職中から大学の公開講座で勉強を続けています。足りない部分は、持ち前のガッツで克服いたします。

　実際に、面談をしていただき、私が、貴社の営業としてふさわしいかどうかを、ご判断していただきたいと存じます。

自我推薦信

　　自從我於2014年1月進入光工學股份有限公司之後，一直在市場行銷部門服務，從事東亞洲市場的資訊收集、數據分析、還有銷售策略與開拓市場的工作。

　　因為當時做出準確的預測，在2015年東亞發生通貨膨脹危機時，讓公司避免了許多的損失。同時也因為這一次的表現，獲得公司的賞識升格為經理。可是，因為每個部門之間的工作分配都非常明確，所以和顧客接觸的機會幾乎等於零。

　　起初我進到公司時希望從事的是業務工作，但因為我是經營學碩士所以被分發到行銷部門。在行銷部門漸漸做出成績之後，轉換到別部門服務的可能性又更少了。

　　雖然我在大學專攻的是機械工程，但研究所選擇了經營學，因為覺得經營學可以和許多不同的人做溝通，同時也能夠依自己的力量來拓展市場。

　　本身具備機械工程的基礎，對於貴公司的產品具備一定程度的專業知識。我有自信可以活用之前行銷工作的經驗，利用數據來達到有效的業務成績。

　　在日文方面，之前在大學開設的日文課程裡修習過，現在仍然在學習當中。尚有不足的部分，我會盡全力去克服。

　　其它的事項希望您可以透過面談，了解我是否適合擔任貴公司的業務一職。謝謝您的指教。

メールで履歴書を送る

採用担当者あてに送ろう。メールは簡潔に。

メール例

寄件者：	邱 彦 博
收件者：	
件名：	社員募集への応募

添付ファイル　履歴書及びカバーレター

五十嵐様

　10月1日の日報太陽新聞に掲載された、日本営業担当の募集広告に応募いたします。私は、貴社に対して、即戦力として貢献できる、と自信を持っております。履歴書を添付いたしますので、ご検討ください。

　直接、お目にかかって、お話をさせていただくチャンスをいただけましたら、幸いです。

　10月3日　邱 彦 博

用電子郵件寄送履歷表

寄電子郵件給應徵負責人。郵件內容力求簡潔、清楚。

電子郵件範例

寄件者：	邱 彥 博
收件者：	
主旨：	應徵貴公司職員

檢附檔案──「履歷表」及「自我推薦信」

五十嵐先生敬啟

　　於10月1日在太陽日報看到貴公司在招募對日業務的應徵廣告。我有自信可以立即為貴公司服務，盡一份力。同時附上自己的履歷表一份，敬請多多指教。

　　希望有機會可以直接與您見面、面談。謝謝！

10月3日　邱 彥 博

メールで出した応募には、メールで返事が来るものです。メールが着たら、すぐに、指定どおりの方法で、応答しよう。

面接の日取りは先方の都合が優先。

在職中の応募の時は、あらかじめ、面接可能な日時を、メールで知らせておこう。確実に行ける日時を確保しよう。

- -

以電子郵件寄發郵件應徵時，應該都會收到回信。假如收到對方回覆的電子郵件，請立刻依照對方指定的方式來回覆對方。

面試的日期以對方方便的時間為優先。

假如是在職期間應徵工作的話，請將自己可以面試的日期與時間，事先在電子郵件中告知對方，確保自己可以在與對方約定的時間內前去。

UNIT
2

面接の前に電話をする
めんせつ　まえ　でんわ
面試前打電話去公司

 これはタブー！這麼做你就慘了！

「あ、その日は無理です。もっと早くしてください」は、タブー！無理な
日時はメールで知らせておくべき。

　　接到面試電話時，絕對不可以跟對方説「啊，那一天我沒有空，可否請
你再提前一下」──這麼講你就慘了！！自己不方便面試的日期，請事先用
電子郵件與對方聯絡。

> 一分鐘學一句
> **職場單字學習法** **Track 1-2-1**

❶ 面接 → め ん せ つ → めんせつ　面試
めんせつ

❷ 申します → も う し ま す → もうします　叫做～
もう

❸ 応募 → お う ぼ → おうぼ　應徵
おうぼ

❹ 担当 → た ん と う → たんとう　負責
たんとう

❺ いらっしゃいます → い らっ しゃ い ま す
　→ いらっしゃいます　在（います的敬語）

❻ 電話 → で　ん　わ → でんわ　電話

❼ 代わります → か　わ　り　ま　す → かわります　代替

❽ 募集 → ぼ　しゅ　う → ぼしゅう　徵人

❾ 早速 → さっ　そ　く → さっそく　立刻、趕忙

❿ 場所 → ば　しょ → ばしょ　地點

一分鐘學一句
分段式會話學習法　Track 1-2-2

❶ わたくし → 邱 → と申します
　わたくし、邱と申します。
　敝姓邱。

❷ 応募の → 件で → ご担当の → 五十嵐さんと → お話を →
　したい → のですが
　応募の件で、ご担当の五十嵐さんとお話をしたいのです
　が。
　關於應徵的事情，我想與負責此事的五十嵐先生談一談。

❸ 邱さんで → いらっしゃい → ますね → 少し → お待ち →
　ください
　邱さんでいらっしゃいますね。少し、お待ちください。
　您是邱先生吧！請您稍等一下。

❹今回の → 募集に → 応募しました → 邱 → と申します
今回の募集に応募しました、邱と申します。

我是來貴公司應徵的，我姓邱。

❺ご応募 → いただき → ありがとう → ございます
ご応募いただきありがとうございます。

很謝謝您來本公司應徵。

❻来週の → 月曜日に → お時間を → 作って → いただけますか
来週の月曜日にお時間を作っていただけますか。

不知道您下星期一是否可空出時間呢？

❼何時に → うかがえば → よろしい → でしょうか
何時に、うかがえばよろしいでしょうか。

我大概幾點去比較方便呢？

❽10時に → お越し → ください
10時に、お越しください。

麻煩您10點來。

❾よろしく → お願い → いたします
よろしくお願いいたします。

請多多指教。

常常練習打電話的小邱，不斷地用日語反覆練習，不知道他的練習成果如何？是否可順利說得一口漂亮日語呢？

小高

・はい、なるほど株式会社でございます。

你好，這裡是原來如此股份有限公司。

小邱

・わたくし、邱と申します。応募の件で、ご担当の五十嵐さんとお話をしたいのですが。

您好，敝姓邱。關於應徵的事情，我想與負責此事的五十嵐先生談一談。

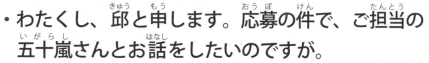

小高

・邱さんでいらっしゃいますね。少し、お待ちいただけますか。

您是邱先生嗎？請稍等一下。

五十嵐

・お電話代わりました。五十嵐です。

您好，電話已換人接聽了。我是五十嵐。

小邱

・私、今回の募集に応募いたしました、邱と申します。

我是來貴公司應徵的，我姓邱。

五十嵐

・邱さんですね。ご応募いただきありがとうございます。早速ですが、来週の月曜日にお時間を作っていただけますか。

邱先生，很謝謝您來本公司應徵。那麼，我們就立刻進入正題吧！不知道您下星期一是否可空出時間呢？

小邱

・はい。何時（なんじ）に、うかがえばよろしいでしょうか。

可以。我大概幾點去比較方便呢？

五十嵐

・10時（じゅうじ）に、お越（こ）しください。

麻煩您10點來。

小邱

・１１月５日（じゅういちがついつか）、月曜日（げつようび）、午前10時（ごぜんじゅうじ）ですね。

好的，那就是11月5日，星期一，早上10點。

五十嵐

・ええ。場所（ばしょ）はお分（わ）かりですか。

是的。您知道地點嗎？

小邱

・はい。

我知道。

五十嵐

・それでは、月曜日（げつようび）に。

那麼，星期一見。

小邱

・よろしくお願（ねが）いいたします。

請多多指教。

面接に臨む❶
面試❶

 これはタブー！這麼做你就慘了！

遅刻は当然タブー！一目で**ブランド品**とわかるような**服装はタブー！前髪**で目が**隠れる**のも**タブー！**何はともあれ、**清潔感が大切。否定的**なことを話すのは**タブー！**何はともあれ、**前向きな姿勢で。**

面試時絕對嚴禁「遲到」！當然啦，一眼看去就知道是「名牌貨」的服裝更是大禁忌。髮型方面，請以乾淨、俐落為主，尤其注意不要讓瀏海遮住眼睛！面試的時候嚴禁所有負面的語言。總之，請表現出最「積極」的一面給主考官看！

> **一分鐘學一句**
> **職場單字學習法** 🎧 Track **1-3-1**

❶ **臨む** → の　ぞ　む → のぞむ　即將到來
❷ **遅刻** → ち　こ　く → ちこく　遲到
❸ **タブー** → た　ぶ　う → たぶう　禁忌
❹ **商談** → しょ　う　だ　ん → しょうだん　談生意
❺ **前向き** → ま　え　む　き → まえむき　積極

⑥ 約束_{やくそく} → や く そ く → やくそく　　約定

⑦ 参ります_{まい} → ま い り ま す
　→ まいります　　來（きます的謙讓語）

⑧ リラックス_{り ら っ く す} → り らっ く す → りらっくす　　放鬆

⑨ 情報収集_{じょうほうしゅうしゅう} → じょ う ほ う しゅ う しゅ う
　→ じょうほうしゅうしゅう　　收集情報

⑩ グラフ_{ぐ ら ふ} → ぐ ら ふ → ぐらふ　　表格

⑪ 自動販売機_{じ どうはんばい き} → じ ど う は ん ば い き
　→ じどうはんばいき　　自動販賣機

⑫ 分野_{ぶん や} → ぶ ん や → ぶんや　　領域

⑬ 本格的_{ほんかくてき} → ほ ん か く て き
　→ ほんかくてき　　真正的

⑭ 直結_{ちょっけつ} → ちょっ け つ → ちょっけつ　　直接有關聯

⑮ 最先端_{さいせんたん} → さ い せ ん た ん
　→ さいせんたん　　最先進的

一分鐘學一句
分段式會話學習法　Track 1-3-2

❶ 邱 → と申します。面接に → 参りました
邱と申します。面接に参りました。

敝姓邱。我來面試的。

❷ ご担当の → 五十嵐さんを → お願い → いたします
ご担当の五十嵐さんをお願いいたします。

麻煩您幫我找負責的五十嵐先生。

❸ 失礼 → いたします
失礼いたします。

打擾了，不好意思。

❹ 私 は → 人と → 会って → 話をして → 成果を
→ 実感できる → 仕事が → したいの → です
私 は人と会って話をして、成果を実感できる仕事がし
たいのです。

我想要從事可以與人對話，能夠從工作中獲得成就感的工作。

❺ 分野は → 違いますが → 理解は → 速い → と思います
分野は違いますが、理解は速いと思います。

雖然領域不太一樣，但我想我會很快學會的。

❻ こちらの → 会社の → 事業内容は → これから → 成長する
→ 分野です
こちらの会社の事業内容は、これから成長する分野です。

貴公司的工作內容，一定會讓我今後有所成長。

❼自信を → もって → 売れる商品は → 最大の → 魅力 → です

自信をもって売れる商品は、最大の魅力です。

可以讓我有自信地向大家銷售的產品，對我來說就是最大的魅力。

❽商談の → ために → 必要な → 言葉は → 一生懸命 → 勉強します

商談のために、必要な言葉は、一生懸命勉強します。

對於洽談生意時所需要用到的日文，我一定會盡全力努力學習的。

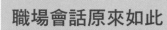
> 職場會話原來如此　　Track 1-3-3

在捷徑國際大樓的前面，小邱開始整理衣服。確定髮型OK。領帶OK。鞋子OK。最後，擺個笑容。同時關閉手機的電源。

到了櫃台

小高

・はい、いらっしゃいませ。お約束でしょうか。

你好。請問您與誰約好時間碰面嗎？

小邱

・わたくし、邱と申します。面接に参りました。ご担当の五十嵐さんをお願いいたします。

我姓邱，是來面試的。麻煩您幫我找負責的五十嵐先生。

小高

・邱さん。お待ちしておりました。どうぞ、こちらへ。

邱先生，五十嵐先生正在等您。這邊請。

小邱

・はい。

好的。

在接待室

小高

・こちらに、おかけになってお待ちください。

請您先坐在這裡稍等一下。

小邱

・ありがとうございます。

謝謝您。

五十嵐先生和長谷川先生進到了接待室。小邱馬上站起來，等五十嵐先生。

五十嵐

・どうぞ、おかけください。

請坐。

小邱

・失礼いたします。

不好意思，謝謝。

這時候你要這麼做

穩穩地坐在沙發上，背挺直。雙腳微微張開、手輕輕地放在大腿上面。（女性朋友必須合起雙腳，稍微斜放，雙手重疊地放在其中一隻大腿的上面）即使放鬆，腳也不可以亂動。

五十嵐

・邱さん、五十嵐です。こちらは長谷川です。

邱先生，我是五十嵐，這一位是長谷川先生。

長谷川

・長谷川です。

我是長谷川。

小邱

・よろしくお願いいたします。

敬請多多指教。

五十嵐

・ええ…、光工学さんは大手ですが、そこをお辞め

になってでも、営業をされたいのですか。

嗯……，光工學公司是一間很大的公司，您真的想辭去那邊的工作來做業務嗎？

小邱

・はい。 私の仕事は、情報収集やデーター分析が

主なものです。パソコンを相手に、数字やグラフ

をみていると、現実の世界とは違うような感じが

してくるのです。 私は人と会って話をして、成果

を実感できる仕事がしたいのです。

是的。我的工作內容，主要以收集情報和數據分析為主。每天與電腦為伍，只盯著數字或圖表，讓我漸漸有一種與現實世界脫離的感覺。我想要從事可以與人對話，能夠從工作中獲得成就感的工作。

五十嵐

・なるほど。邱さんは、工学部出身ですね。

原來如此。邱先生，您是工科出身的，對吧？

小邱

・はい。機械の設計を専攻いたしました

是的，我是主修機械設計的。

五十嵐

・どんな機械の設計ですか。

什麼樣的機械設計呢？

小邱

・ええ…、簡単に申しますと、自動販売機です。社員食堂に置くようなものです。

嗯……，簡單地説，就是「自動販賣機」。像一般放置在員工餐廳裡的機器。

五十嵐

・ほお。

喔～

長谷川

・では、機械の設置に関する知識はお持ちですね。

那麼，你應該對機械設置的相關知識多少有點了解吧。

小邱

・分野は違いますが、理解は速いと思います。

雖然領域不太一樣，但我想我會很快學會的。

五十嵐

・うちは、光工学さんと比べたら、小さい会社ですが、どうして、当社に応募されたのですか。

我們公司和光工學比起來，是一間很小的公司，你為什麼想來應徵我們公司呢？

小邱

・こちらの会社の事業内容は、これから成長する分野です。それに、台湾に本格的な研究所があって、工場と直結しています。最先端のものが製造される期待があります。自信をもって売れる商品は、最大の魅力です。

貴公司所從事的是具有成長潛力的事業領域。而且，公司在台灣設有研究處，具有完整設備又可與工廠直接做聯絡。將來勢必可以做出最先進的產品。可以讓我有自信地向大家銷售的產品，這對我來說就是最大的魅力。

五十嵐

・なるほど。ところで、仕事で日本語をお使いでしたか。

原來如此。那麼，你在工作上有用到日語嗎？

小邱

・いいえ。私の仕事の共通言語は英語でした。分析結果の報告書も英文です。しかし、社内の共通言語は日本語です。

沒有用到。我工作上的共通語言是英語。分析結果的報告書也是英語。可是，公司內部的共通語言是日語。

五十嵐

・うちの相手は日本の会社です。商談は日本語ですが、その点は大丈夫ですか。

我們公司面對的是日本公司，談生意時必須用到日語，不知道這一點你有沒有問題？

小邱

・商談のために、必要な言葉は、一生懸命勉強します。ですから、問題はないと思います。

對於洽談生意時所需要用到的日文，我一定會盡全力努力學習的。所以，我想應該是沒有問題。

長谷川

・電話での応対もありますよ。

有時候也要接電話喔！

小邱

・努力します。

我會努力的。

面接に臨む❷
面試 ❷

これはタブー！這麼做你就慘了！

前職で得ていた収入にこだわるのはタブー！会社が提示した額を基本に交渉しよう。労働条件の確認を忘れずに。

面試進入正題，談到收入時，絕對不可以堅持爭取與前一個工作同等的待遇！請以該公司所開出的基本薪水來與對方做交涉。同時也不要忘了確認工作的相關條件與福利喔！

一分鐘學一句
職場單字學習法　🎧 Track 1-4-1

❶ 前職 → ぜ ん し ょ く → ぜんしょく　前一個工作

❷ こだわる → こ だ わ る → こだわる　堅持於～

❸ 交渉 → こ う し ょ う → こうしょう　交渉、交談

❹ 労働条件 → ろ う ど う じ ょ う け ん
→ ろうどうじょうけん　工作條件

❺ 独り → ひ と り → ひとり　一個人、單身

⑥ 履歴書 → り れ き しょ → りれきしょ　履歴表

⑦ アパート → あ ぱ あ と → あぱあと　公寓

⑧ 出社 → しゅっ しゃ → しゅっしゃ　（到公司）上班

⑨ 待遇 → た い ぐ う → たいぐう　待遇

⑩ ボーナス → ぼ う な す → ぼうなす　紅利、獎金

⑪ 残業 → ざ ん ぎょ う → ざんぎょう　加班

⑫ 除く → の ぞ く → のぞく　除了～之外

一分鐘學一句
分段式會話學習法　Track 1-4-2

❶ お独り → ですか
お独りですか。
您是單身嗎？

❷ ええ → なかなか → 縁が → なくて
ええ、なかなか縁がなくて。
是啊，緣分還沒到。

❸ 履歴書に → 書いた → 住所は → 家族が → 住んでいる
→ ところ → です
履歴書に書いた住所は、家族が住んでいるところです。
履歷表上所寫的住址是家人所居住的地方。

37

❹ 私 は → 市内に → アパートを → 借りて → います

私 は、市内にアパートを借りています。

我自己在市區租了一間公寓。

❺ 結構 → です

結構です。

可以的。

❻ 邱さんの → 成績次第 → です

邱さんの成績次第です。

依邱先生您的成績而定。

❼ やりがいが → あります

やりがいがあります。

值得去做。

❽ 残業は → 多いん → ですか

残業は多いんですか。

經常需要加班嗎？

面試 2

長谷川

・邱さん、ご家族は。

邱先生，您的家人呢？

小邱

・父と母と兄が一人です。

家裡有爸爸、媽媽，和一個哥哥。

長谷川

・邱さんは、お独りですか。

邱先生是單身嗎？

小邱

・いいえ、兄と二人です

（小邱誤會了）喔不，我和哥哥二個人住在一起。

長谷川

・いえ、ええと…、独身ですか。

嗯～，這個嘛……，我的意思是「你單身嗎？」

小邱

・えっ！ああ、失礼しました。

　ええ、なかなか縁がなくて…。

啊！呃，真是不好意思。是啊，緣分還沒到……。

小邱

- 履歴書に書いた住所は、家族が住んでいるところです。私は、市内にアパートを借りています。家には居ない時が多いので。

我和家人沒有住在一起。履歷表上所寫的住址，是家人住的地方。我自己在市區租公寓，因為我很少待在家裡。

長谷川

- では、比較的、ここには近いですね。会社の就業時間は、9時から6時までですが、うちの部は8時半出社になっています。

所以，你現在住的地方離我們公司比較近囉！我們公司的上班時間是9點到6點。我們部門則是8點半就要到公司上班了。

小邱

- は？

啊？

長谷川

- うちの部は日本の会社が相手です。まあ、会社研究会のようなものをしています。

我們部門要直接面對日本的公司。就像公司研究會一樣的組織。

五十嵐

- それで、待遇のことですが、邱さんの経歴からいって、月給で3万元前後になります。これに、会社の業績によってボーナスが、年に2回出ます。いかがですか。

至於待遇方面，以邱先生您的經歷來說，月收入大概在3萬元左右。除了年薪之外，每年依照公司的業績再發2次紅利。你覺得如何呢？

小邱

- 結構です。

對我來說沒問題。

・次年度からは、邱さんの成績次第です。ここでは、何もかもしなければならないので、大変ですよ。

從下一個年度開始，年薪就要看邱先生的成績而定了。在這裡大小事都必須做，很辛苦的喔！

・やりがいがあります。

這些都是值得的。

・何か、お聞きになりたいことはありませんか。

您還有沒有什麼事情想問的呢？

・そうですね。残業は多いんですか。

這個嘛。請問經常需要加班嗎？

・非常事態を除けば、ほとんどありません。お客さんが来られた時の接待はあります。接待はお嫌いですか。

排除緊急事件的話，幾乎是不需要加班的。但是當客戶來的時候，可能也需要應酬。您排斥與客人應酬嗎？

・いいえ。私は、人と知り合うことは、何か意味があると考えていますから、是非、させていただきたいと思います。

不會的。我覺得與人相處，也是一件有意思的事情。所以請您一定要讓我試試看。

五十嵐

・長谷川さん、何か、聞いておきたいことはありませんか。

長谷川先生，你還有沒有什麼事要問的呢？

長谷川

・いえ。

沒有。

五十嵐

・邱さん、今日は、ありがとうございました。結果については、追って、ご連絡いたします。

邱先生，今天非常感謝你。關於結果我們會再跟您聯絡。

小邱

・よろしくお願いいたします。

敬請多多指教。

隔天，錄取通知便寄到小邱家了。

42

出社第一日目——紹介される
しゅっしゃだいいちにちめ しょうかい
上班第一天——同事介紹

 これはタブー！這麼做你就慘了！

「すみません。名前は何でしたっけ？」はタブー！集中力を高くして、
なまえ なん たぶー しゅうちゅうりょく たか
紹介された人の名前を覚えよう。
しょうかい ひと なまえ おぼ

　　「不好意思。您剛剛說您的名字是什麼啊？」——絕對不可以這麼
問！！當公司其它同事在做自我介紹時，一定要集中注意力，記住所有同事
的名字。

一分鐘學一句
職場單字學習法　　Track 1-5-1

❶ 紹介 → し ょ う か い → しょうかい　介紹
しょうかい

❷ 集中力 → し ゅ う ち ゅ う り ょ く
しゅうちゅうりょく
　→ しゅうちゅうりょく　注意力

❸ 製品 → せ い ひ ん → せいひん　產品
せいひん

❹ エキスパート → え き す ぱ あ と
えきすぱーと
　→ えきすぱあと　專家、行家

❺ エンジニア → え ん じ に あ → えんじにあ　工程師
えんじにあ

⑥ 研修 → け ん しゅ う → けんしゅう　研習、研修

⑦ マナー → ま な あ → まなあ　禮儀

⑧ 強制 → きょ う せ い → きょうせい　強制、強迫

⑨ ベテラン → べ て ら ん → べてらん　老鳥、老手

⑩ 最敬礼 → さ い け い れ い
　　 → さいけいれい　深深一鞠躬

一分鐘學一句
分段式會話學習法　Track 1-5-2

❶ 今日から → 一緒に → 仕事を → することに
　　 → なった → 邱さん → です
今日から、一緒に仕事をすることになった、邱さんです。
這一位是從今天開始要與大家一起工作的邱先生。

❷ うちの → 製品 → についての → エキスパート → です
うちの製品についてのエキスパートです。
是我們公司產品的行家。

❸ 期待して → ますよ
期待してますよ。
我對你期望很高喔！

❹ 長谷川さんが → 邱さんの → 研修を → 担当します
長谷川さんが邱さんの研修を担当します。

長谷川先生負責邱先生的研習事宜。

❺ 陳さんは → ベテラン → ですから → 何でも → 聞いて → ください
陳さんはベテランですから、何でも聞いてください。

陳小姐可是資深前輩喔！所以什麼事都可以問她。

❻ 3ヶ月 → ばかり → 邱さんの → 先輩に → なります
3ヶ月ばかり、邱さんの先輩になります。

剛進公司3個月，即將成為邱先生的前輩。

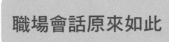

職場會話原來如此 Track 1-5-3

上班當天，小邱還在想要怎麼樣自我介紹。

五十嵐
・おはようございます。今日から、一緒に仕事をすることになった、邱さんです。

大家早。這一位是從今天開始要與大家一起工作的邱先生。

小邱
・邱彦博と申します。よろしくお願いいたします。

大家好，我叫邱彦博。請大家多多指教。

・こちらは、蕭さんです。うちの製品についてのエキスパートです。もともと、エンジニアですから、製品については、蕭さんに聞いてください。

這一位是蕭先生。是我們公司產品的行家。他原本是一位工程師。今後對產品有什麼問題，請盡量問蕭先生。

・よろしくお願いします。

請多多指教。

・期待してますよ。

我對你期望很高喔！

・こちらは、もう、知ってますね。

這一位你已經認識了吧！

・はい。長谷川さん。よろしくお願いします。

是的。長谷川先生，請你多多指教。

・長谷川さんが邱さんの研修を担当します。あ、それから、8時半から9時までは、長谷川さんが校長ですからね。

長谷川先生負責邱先生的研習事宜。啊！還有，從8點半到9點，長谷川先生可是校長喔！

・は？

啊？

長谷川

・9時前に、日本語やマナーの勉強をしているんです。

因為9點之前要學習日語及禮儀方面的知識。

小邱

・ああ、会社研究会ですか。

啊，是公司研究會嗎？

長谷川

・あははは、そういう事です。別に、強制じゃない
んですけどね。

啊，哈哈哈～沒錯，這可沒有強迫大家參加喔！

小邱

・いえ、いえ、絶対、参加します。

不，不，我絕對會參加的。

小邱心想：太好了，可以學日語。而且，長谷川先生看起來很風趣。

五十嵐

・こちらは陳さん。陳さんはベテランですから、
何でも聞いてください。

這一位是陳小姐。陳小姐可是資深前輩喔！所以什麼事都可以問
她。

小陳

・陳です。

我姓陳。

小邱

・はい。陳さん。よろしくお願いします。

是的。陳小姐，請妳多多指教。

小邱心想：（哇！看起來好可怕）小邱深深地一鞠躬。

五十嵐

- こちらは高さんです。高さんは、3ヶ月ばかり、邱さんの先輩になります。

  這一位是高小姐。高小姐才進公司3個月，即將成為邱先生的學姐。

小高

- 高です。所長、「先輩」でも、邱さんよりは、私のほうが若いですよね。

  你好，我姓高。所長，雖說是「學姐」，但我可是比邱先生年輕呢！

五十嵐

- おお、そうそう。若いですよ。

  喔～是，是，妳好年輕喔！

小高

- ふふ、よろしくお願いします。

  呵呵，請多多指教囉。

小邱心想：（好可愛喔！）

小邱

- よろしくお願いします。先輩。

  請多多指教。學姐。

小高

- ええっ！

  什麼？！

大家大笑

48

出社第一日目——自己紹介
しゅっしゃだいいちにちめ　　じこしょうかい

上班第一天——自我介紹

 これはタブー！這麼做你就慘了！

自慢話はタブー！「教えてください」という気持ちを表そう。
じまんばなし　たぶー　　　おし　　　　　　　　　　　　　きも　　あらわ

　　絕對嚴禁所有過度驕傲的話。請盡量表現出「請教導我」的姿態。愈謙卑的態度愈會為自己留下好印象。

> 一分鐘學一句
> **職場單字學習法**　🎧 Track 1-6-1

❶ **自己紹介**→じ こ しょ う か い
じこしょうかい
　→じこしょうかい　　自我介紹

❷ **独身**→ど く しん→どくしん　　單身
どくしん

❸ **営業**→え い ぎょ う→えいぎょう　　業務
えいぎょう

❹ **ビジネス**→び じ ね す→びじねす　　商業

❺ **ほっとします**→ほっ と し ま す
　→ほっとします　　鬆了一口氣

❻ **厳しい**→き び し い→きびしい　　嚴格的
きび

⑦ 沸きます → わ　き　ま　す → わきます　　沸騰、湧出

⑧ 間違います → ま　ち　が　い　ま　す
　　→ まちがいます　　弄錯

⑨ 覚えます → お　ぼ　え　ま　す → おぼえます　　記住

⑩ ぺらぺら → ぺ　ら　ぺ　ら → ぺらぺら　　流利

⑪ 詳しい → く　わ　し　い → くわしい　　詳細的

⑫ パスワード → ぱ　す　わ　あ　ど → ぱすわあど　　密碼

⑬ 従います → し　た　が　い　ま　す
　　→ したがいます　　遵從

一分鐘學一句
分段式會話學習法　　Track 1-6-2

❶ 今年で → ３２歳に → なります → 独身 → です
今年で３２歳になります。独身です。
今年32歳，單身。

❷ 去年 → までは → マーケティングの → 仕事を → して
→ いました
去年までは、マーケティングの仕事をしていました。
到去年為止一直在從事市場行銷的相關工作。

❸ 実は → 日本語は → とても → 心配して → います
実は、日本語は、とても心配しています。

其實，我非常擔心自己的日語。

❹ 普通の → 会話は → できますが → ビジネスは → 違う
→ と思います
普通の会話はできますが、ビジネスは違うと思います。

雖然我會一般的對話，但這和商業用語是不一樣的。

❺ ほっと → しました
ほっとしました。

鬆了一口氣。

❻ 今日 → ここに → 来て → 自信が → 沸いて → きました
今日、ここに来て、自信が沸いてきました。

今天來到這裡，讓我產生很大的自信。

❼ 私 の → 日本語が → 間違って → いたら → すぐに
→ 教えて → ください
私 の日本語が間違っていたら、すぐに、教えてください。

假如我的日語有出錯的地方，請立刻給我指導。

❽ 早く → 仕事を → 覚えて → 一人前に → なるように
→ 頑張ります
早く仕事を覚えて、一人前になるように、頑張ります。

我會努力，希望能夠早日熟悉工作內容，獨當一面。

五十嵐

・じゃ、邱さん。自己紹介をしてください！

那麼，邱先生，你自我介紹一下吧！

小邱

・はい。私は、今年で３２歳になります。独身です。去年までは、マーケティングの仕事をしていました。どうしても、営業をしたくて、こちらの会社に応募しました。

好的，我今年32歲。單身。到去年為止一直在從事市場行銷的相關工作。因為很想從事業務的工作，所以來到貴公司應徵。

小邱

・実は、日本語は、とても心配しています。普通の会話はできますが、ビジネスは違うと思います。ですから、「会社研究会」のことを聞いて、ほっとしました。

其實，我非常擔心自己的日語。雖然我會一般的對話，但這和商業用語是不一樣的。因此，當我聽到有「公司研究會」時，便鬆了一口氣。

小邱

・そして、お客さんが日本の会社ですと、マナーや、話し方にも厳しいことを知っていますので、実は、これも心配していました。

還有，我們的客戶是日本公司，所以我知道禮儀、說話方式都必須嚴格要求自己。事實上，我對這一部分也是非常擔心的。

小邱

・でも、今日、ここに来て、自信が沸いてきました。 私の日本語が間違っていたら、すぐに、教えてください。早く仕事を覚えて、一人前になるように、頑張ります。ご指導、よろしくお願いいたします。

可是，今天來到這裡，讓我產生很大的自信。假如我的日語有出錯的地方，請立刻給我指導。我會努力，希望能夠早日熟悉工作內容，獨當一面。敬請大家多多指導。

大家鼓掌

小陳

・邱さん。演劇は好きですか。

邱先生，你喜歡演戲嗎？

小邱

・はあ？

什麼？

小陳

・「会社研究会」は、「演劇研究会」でもあるのよ。

「公司研究會」裡，也有「演戲研究會」喔！

小邱

・はあ？

啊？

小陳

・まあ、いいわ。明日を楽しみにしていてください。

好吧，算了。請期待明天囉！

五十嵐

・邱さんは英語もぺらぺらなんですよ。

邱先生可是説得一口流利英文呢！

小高

・ええ！本当ですか。

什麼！真的啊？

小邱

・いいえ、読み書きはできますが、話すのは下手です。

沒有啦，聽寫還可以，但說就比較差了。

五十嵐

・ま、詳しいことは、歓迎会の時にしましょう。邱さんの席はここです。パソコンに自分のパスワードを設定してください。ここでも、社内連絡はメールで回ってきます。後は、長谷川さんの指示に従ってください。

好吧，想更了解邱先生就等歡迎會的時候吧！邱先生的位置在這裡，請在電腦裡設定自己的密碼，公司內部也會以郵件來聯絡，之後請跟著長谷川先生的指示做吧！

UNIT
7

歓迎会──オフ・タイムの交流

かんげいかい こうりゅう おふ たいむ

歡迎會──下班時間的交流

これはタブー！這麼做你就慘了！

　一人でしゃべるのはタブー！共通の話題を心がけよう。いくら**オフ・タ
イム**でも、**馴れ馴れしい**言葉と態度はタブー！新人だということを忘れては
いけない。ここでも**自慢**はタブー！

　　一個人一直講、講、講、講個不停！──這麼做你就慘啦！請注意找出
大家共通的話題。就算歡迎會在下班時間舉辦，也不可以表現出吊兒郎噹的
態度和輕率的發言！絕對不可以忘記自己是「菜鳥」一事。與大家交談時，
也嚴禁一切自傲的發言。

> 一分鐘學一句
> ## 職場單字學習法　Track 1-7-1

❶ **オフ・タイム** → お ふ た い む
　→ おふ・たいむ　　下班時間

❷ **しゃべる** → しゃ べ る → しゃべる　　說

❸ **馴れ馴れしい** → な れ な れ し い
　→ なれなれしい　　嬉皮笑臉的

❹ **自慢** → じ ま ん → じまん　　驕傲

❺ 貿易 → ぼ　う　え　き → ぼうえき　　貿易

❻ 素人 → し　ろ　う　と → しろうと　　新手、菜鳥

❼ システマティック → し　す　て　ま　て　ぃっ　く
→ しすてまてぃっく　　有組織的

❽ 面倒な → め　ん　ど　う　な → めんどうな　　麻煩的

❾ 大変 → た　い　へ　ん → たいへん　　非常

❿ ダイビング → だ　い　び　ん　ぐ → だいびんぐ　　潜水

⓫ かっこいい → かっ　こ　い　い → かっこいい　　帥氣的

⓬ ライセンス → ら　い　せ　ん　す → らいせんす　　證照

一分鐘學一句
分段式會話學習法　　Track **1-7-2**

❶ 今日は → 貿易 → について → 教えて → いただきました
今日は、貿易について、教えていただきました。
今天學了很多有關貿易的事情。

❷ 大変 → 勉強に → なりました
大変勉強になりました。
我學到了很多。

❸ 日本の → 地名が → 一番 → 難しかった → です
日本の地名が一番、難しかったです。
日本的地名是最難的。

❹ そう → そう → そう → でしょう

そう、そう、そうでしょう。

對嘛！對嘛！對嘛！

❺ 邱さんの → 趣味(しゅみ) → って → ダイビング → だった → よね

邱さんの趣味(しゅみ)って、ダイビングだったよね。

邱先生的興趣是潛水，對吧？

❻ うわぁ → カッコ → いい

うわぁ、カッコいい！

哇～～真是帥氣！

❼ 失礼(しつれい) → じゃない

失礼(しつれい)じゃない？

這樣不是很失禮嗎？

❽ 陳さんは → 温泉派(おんせんは) → っていう → 感(かん)じ → だな

陳さんは温泉派(おんせんは)っていう感(かん)じだな。

陳小姐感覺上是屬於泡溫泉派的。

職場會話原來如此　Track 1-7-3

五十嵐

・邱(きゅう)さん、初日(しょにち)はどうでしたか。

小邱啊，第一天還好嗎？

・今日は、貿易について、教えていただきました。貿易には、ほとんど素人なので、大変勉強になりました。ずいぶん、システマティックになっているんですね。

今天學了很多有關貿易的事情。在貿易方面，我幾乎是個菜鳥，所以學到了很多。而且，是很有組織性的學習貿易方面的知識。

・そうですよ。昔は、面倒な手続きがたくさんあったんですが、今は、そんな時代じゃないですからね。

對啊。以前還有更多麻煩的手續，但現在已經過了那個年代啦！

・日本の地名が一番、難しかったです。

日本地名是最難的了。

・そう、そう、そうでしょう。私なんか、お客様に笑われちゃいました。

對嘛！對嘛！對嘛！我啊，以前還常被客戶笑呢！

・えっ？

嗯？

・「神戸」あるでしょう。

不是有個地方叫「神戶」嗎？

・ああ、「神戸港」の。

啊，就是「神戶港」的那個神戶嗎？

小高

・そう、私、「かみと」って、読んじゃったんです。

對啊，我唸成了「KAMITO」。

小邱

・あはははは。私は、今日、「かみべ」と読みました。

啊哈哈哈，我今天唸成了「KAMIBE」。

小高

・あははははは…。

啊哈哈哈哈哈……。

小陳

・あらら、笑っている場合じゃないでしょう。
頑張って覚えてねえ。

哎呀呀，現在可不是光笑就有用啊！趕快努力背起來喔！

小高

・あれえ。陳さんだって、新潟を「しんがた」って、言ってたじゃないですか。

嗯，奇怪了，陳小姐你自己還不是一樣，把「新潟」唸成「SHINGATA」。

小陳

・あら、そうだった？

哎呀，有這回事嗎？

蕭先生

・固有名詞は難しいんだよ。所長の名前だって、結構、読めないよ。「いがらし」だよ。僕も、今でも、読めないものがたくさんあるよ。

專有名詞本來就比較困難。所長的名字我以前也都唸不出來，原來是唸成「IGARASHI」。我啊，到現在還有很多字唸不出來呢！

小邱
・ああ、「はせがわ」も、普通、読めないですよね。
還有「HASEGAWA」一般人也唸不出來吧！

長谷川
・そういえば、邱さんの趣味って、ダイビングだったよね。
對了，小邱的興趣是潛水，對吧！

小高
・うわぁ、カッコいい！
哇～好帥喔！

長谷川
・俺もやってみたいなあ。
我也想試試看耶！

小邱
・やりましょうよ。緑島で、できますよ。
我們一起去吧！綠島就可以潛水了。

小陳
・私もライセンス持っているんだけど。
我也有證照喔！

眾人
・ええっ！
什麼！

小陳
・なんですかぁ。その、ええって。失礼じゃない？
什麼嘛！你們叫那麼大聲，很沒有禮貌。

蕭先生
・だって、陳さんと海は、なんだか合わない。
因為陳小姐跟大海完全聯想不起來嘛！

長谷川
- そうだなあ。陳さんは温泉派っていう感じだな。
對呀，陳小姐感覺上是屬於泡溫泉派的。

小陳
- それ、どういう意味ですかぁ。
什麼，你是什麼意思啊！

小邱
- 私、温泉も好きですよ。
我也喜歡溫泉耶！

五十嵐
- 俺も、どちらかというと、温泉だなあ。
我也是，還是比較喜歡泡溫泉。

長谷川
- 所長、今度の社員旅行、うちの部は、緑島にしましょうよ。俺、ダイビングしたいなあ。
所長，這次的員工旅遊啊，我們部門去綠島吧！我好想潛水喔！

小陳
- あ、いいですねえ。所長、美味しい魚が食べられますよ。ね。高さんもダイビングしようよ。
啊，真好耶！所長，還可以吃好吃的魚呢！對了，高小姐也一起來潛水吧！

小高
- …、わたし、泳げない…。
……。我，我不會游泳……。

眾人
- ええっ！
什麼！

第2章

でんわ
電話の
マナー

商用電話禮儀

すぐ取(と)り次(つ)ぐ
立刻接起電話

 これはタブー！這麼做你就慘了！

電話(でんわ)は呼(よ)び出(だ)しが2回(にかい)か、3回(さんかい)でとる。即(そく)とってもだめ、遅(おそ)くとってもだめ。「リーン(りーん)」となってすぐ出(で)ると、**相手(あいて)**の心(こころ)の準備(じゅんび)がないままになるし、5回(ごかい)、6回(ろっかい)と、待(ま)たせると**相手(あいて)**は「遅(おそ)い」とイライラ(いらいら)するから。

準備好紙、筆，在電話響三聲內接起電話！

當電話響起，不可以在電話鈴響剛響第一聲的時候就接起來。「鈴〜」一聲之後，立刻接起的話，會讓對方有措手不及的感覺。鈴響超過五次或六次才接起的話，則會讓對方感到相當地焦慮。因此，最適當的接電話時機為電話鈴響三聲之內。電話響起後，必須先準備好便條紙和筆，接著在電話響第二聲或第三聲時，接起電話。

一分鐘學一句
職場單字學習法 Track 2-1-1

❶ 即(すぐ) → す ぐ → すぐ　立刻

❷ 相手(あいて) → あ い て → あいて　對方

❸ 鳴(な)ります → な り ま す → なります　響起

❹慌てます → あ わ て ま す → あわてます　慌張

❺取ります → と り ま す → とります　接（電話）

❻お待たせします → お ま た せ し ま す
→ おまたせします　讓～等

❼叱られます → し か ら れ ま す
→ しかられます　被責罵

❽世話 → せ わ → せわ　照顧

❾合わせます → あ わ せ ま す
→ あわせます　交會、配合

❿サイン → さ い ん → さいん　標誌、信號

> 一分鐘學一句
> 分段式會話學習法　🎧 Track 2-1-2

❶はい → なるほど株式会社 → でございます
はい、なるほど株式会社でございます。
您好，這裡是原來如此股份有限公司。

❷お待たせ → いたしました → なるほど株式会社
→ でございます
お待たせいたしました。なるほど株式会社でございます。
讓您久等了，這裡是原來如此股份有限公司。

❸ すぐに → 代_かわります

すぐに代_かわります。

我馬上請他聽。

❹ 少_{すこ}し → お待_まち → ください

少_{すこ}しお待_まちください。

請稍等一下。

❺ 松下産業_{まつしたさんぎょう}の → 佐藤_{さとう}さんで → いらっしゃいますね

松下産業_{まつしたさんぎょう}の佐藤_{さとう}さんでいらっしゃいますね。

您是松下產業的佐藤先生啊！

❻ いつも → お世話_{せわ}に → なって → おります

いつもお世話_{せわ}になっております。

平常承蒙您照顧。

職場會話原來如此　Track 2-1-3

電話響了，小高正在泡茶。她慌慌張張地接起電話。

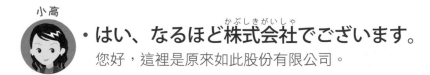

小高

・はい、なるほど株式会社_{かぶしきがいしゃ}でございます。

您好，這裡是原來如此股份有限公司。

・高さん、わたしだけどね、こんなに待たせちゃだめだよ。こんな時はね、「お待たせいたしました」と言わなきゃ。

小高啊，是我啦！讓客人等這麼久是不行的喔！這時候接起來一定要説「不好意思，讓您久等了」。

・はあ～。

啊～。

・「はあ～」じゃないよ。

現在不是説「啊～」的時候吧。

小高和小邱兩人對看一眼

・邱さん、私、また叱られちゃった。「お待たせいたしました」と言わなきゃいけないのよね。

小邱，我又被罵了。我應該要説「不好意思，讓您久等了」。

電話又響起，小邱慌張地接起電話。

・お待たせいたしました。なるほど株式会社でございます。

讓您久等了，這裡是原來如此股份有限公司。

・松下産業の佐藤と申します。長谷川さんをお願いしたいんですが。

我是松下產業的佐藤，麻煩您幫我找長谷川先生。

小邱

・松下産業の佐藤さんでいらっしゃいますね。いつもお世話になっております。長谷川でございますか。すぐに代わります。すこしお待ちください。

您是松下產業的佐藤先生啊！平日承蒙您照顧。您要找長谷川嗎？我馬上請他聽。請稍待一下。

小邱和小高對看一眼比出V字勝利手勢。

UNIT 2

トイレに行っていて席にいない人に電話が、どうする？

同事去了廁所不在位置上，該怎麼辦？

これはタブー！這麼做你就慘了！

朝一番の電話に暗い声はいけません。明るい声で「おはようございます！」を添えよう。午前10時ごろまではこれで好感度ばっちり。

　　一大早接電話時，絕對不可以用沒精神的聲音來面對客戶。請用你最活潑、最有朝氣的聲音向客戶説聲「早安」吧！早上10點之前，用你最有元氣的聲音，給客人最大的好感吧！當來電者為已認識的客戶時，請先報上自己的名字吧！電話裡面不要用「わたし」，請用「わたくし」來自稱。另外，講到公司內部人員名字時，不用加「～さん」或加上「～部長」等職稱，表示謙虛的態度。

> **一分鐘學一句**
> **職場單字學習法**　🎧 Track 2-2-1

❶ トイレ → と　い　れ → といれ　廁所

❷ 席 → せ　き → せき　座位

❸ 添えます → そ　え　ま　す → そえます　加上、增添

❹ ばっちり → ば　っ　ち　り → ばっちり　完美

❺ 申し訳ございません → も　う　し　わ　け　ご　ざ　い　ま　せ　ん → もうしわけございません　　實在很抱歉

❻ しばらく → し　ば　ら　く → しばらく　　暫時

❼ かけなおします → か　け　な　お　し　ま　す → かけなおします　　再打一次

❽ 恐れ入ります → お　そ　れ　い　り　ま　す → おそれいります　　很不好意思

❾ 応対 → お　う　た　い → おうたい　　對應

❿ まなざし → ま　な　ざ　し → まなざし　　眼神

一分鐘學一句
分段式會話學習法　Track 2-2-2

❶ こちら → こそ → お世話に → なって → おります
こちらこそお世話になっております。
我也要謝謝您平常的照顧。

❷ 長谷川さんを → お願い → したいん → ですが
長谷川さんをお願いしたいんですが。
想麻煩您幫我找長谷川先生。

❸ わたくし → 陳です
わたくし、陳です。
我是小陳。

❹申し訳 → ございません
申し訳ございません。

實在很抱歉。

❺席を → はずして → おりますが
席をはずしておりますが。

不在座位上。

❻しばらくして → から → かけ直します
しばらくしてからかけ直します。

待會再打來。

❼お待ち → して → おります
お待ちしております。

等候您。

❽よろしく → お願い → いたします
よろしくお願いいたします。

敬請多多指教。

電話響起。

小陳
・おはようございます。なるほど株式会社でございます。

早安，這裡是原來如此股份有限公司。

山本
・おはようございます。AMCの山本ですが。

早安，我是AMC的山本。

小陳
・ああ、山本さん、わたくし、陳です。
いつもお世話になっております。

啊～山本先生，我是小陳。平常承蒙您多照顧了。

山本
・ああ、陳さんですか。こちらこそお世話になっております。長谷川さんをお願いしたいんですが。

啊，陳小姐啊，我也要謝謝您平常的照顧。想麻煩您幫我找長谷川先生。

小陳
・長谷川ですね。（デスクに長谷川がいない…）
申し訳ございません。長谷川は席をはずしておりますが。

長谷川嗎？（長谷川剛好不在座位上……）實在很抱歉，長谷川現在不在座位上。

山本
・そうですか。では、しばらくしてからかけなおします。

這樣子啊！那麼，我待會再打一次。

小陳

・恐れ入ります。それでは、お待ちしておりますの
で、よろしくお願いします。

實在很不好意思。那麼，期待您的來電。敬請多多指教。

看到學姐如此完美的應對，小邱以尊敬的眼神看著陳小姐。

 小邱

・先輩はすごいね。

學姐好厲害喔！

 小陳

・でしょ。

厲害吧！

外出している人に電話が来ました。さあ、どうする？

がいしゅつ　　　　　　　　　ひと　　でんわ　　き

客戶來電，但同事外出了。怎麼辦呢？

 これはタブー！這麼做你就慘了！

名乗らない相手に「だれですか？」はいけません。**うっかり言い忘れている**だけかもしれません。

なの　　あいて　　　　　　　　　　　　　　　　　　　　　　　　い　わす

　　當來電客戶忘記説自己名字時，不可以直接詢問對方「だれですか？」，因為對方可能只是忘記報上名字而已，這樣子的用法太唐突了。詢問對方名字時請用「どちらさまでしょうか？」或「お名前をいただけますか？」比較有禮貌。

なまえ

一分鐘學一句
職場單字學習法 Track 2-3-1

❶ **外出します** → が　い　しゅ　つ　し　ま　す
がいしゅつ
　→ **がいしゅつします**　外出

❷ **名乗り** → な　の　り → **なのり**　報上名字
なの

❸ **うっかり** → うっ　か　り → **うっかり**　不小心

❹ **得意先** → と　く　い　さ　き → **とくいさき**　客戶
とくいさき

❺ **留守** → る　す → **るす**　不在
るす

❻あいにく → あ　い　に　く → あいにく　　很不巧地

❼出_でかけます → で　か　け　ま　す
　→ でかけます　　出門、外出

❽戻_{もど}ります → も　ど　り　ま　す → もどります　　返回

❾過_すぎます → す　ぎ　ま　す → すぎます　　過了

❿伝_{つた}えます → つ　た　え　ま　す → つたえます　　傳達

⓫かしこまりました → か　し　こ　ま　り　ま　し　た
　→ かしこまりました　　遵命

一分鐘學一句
分段式會話學習法　　Track 2-3-2

❶失礼_{しつれい} → ですが → どちら → さま → でしょうか
失礼_{しつれい}ですが、どちらさまでしょうか。
不好意思，請問您是哪位呢？

❷これは → 失礼_{しつれい} → いたしました
これは失礼_{しつれい}いたしました。
不好意思，失禮了。

❸あいにく → 鈴木_{すずき}は → 出_でかけて → おりますが
あいにく、鈴木_{すずき}は出_でかけておりますが。
很不巧，鈴木剛好出去了。

❹ 何時 → ごろ → お戻りに → なりますか

何時ごろお戻りになりますか。

他大概幾點會回來呢？

❺ 5時 → 過ぎに → なる → 予定で → ございます

5時過ぎになる予定でございます。

預計5點過後會回公司。

❻ 電話が → あったと → お伝え → ください

電話があったとお伝えください。

麻煩請轉告他，我有打電話來找他。

❼ かしこ → まりました

かしこまりました。

好的，遵命（我知道了）。

職場會話原來如此　Track 2-3-3

蕭先生下午就到客戶那邊去了，所以不在公司

小高

・はい、なるほど株式会社でございます。

你好，這裡是原來如此股份有限公司。

高田

・蕭部長をお願いしたいのですが。

麻煩您幫我找蕭部長。

・失礼ですが、どちらさまでしょうか？
不好意思，請問您是哪位呢？

・これは失礼いたしました。わたし、太陽機器の高田と申します。
不好意思，失禮了。我是太陽機器的高田。

・高田様、お世話になっております。あいにく、蕭は出かけておりますが。
高田先生，謝謝您平常的照顧。很不巧，蕭先生剛好出去了。

・あ、そうですか…。何時ごろお戻りになりますか。
啊，這樣子啊……。大概幾點會回來呢？

・5時過ぎになる予定でございます。
預計5點過後會回公司。

・それでは、電話があったとお伝えください。
那麼，麻煩請轉告他，我有打電話來找他。

・かしこまりました。
好的，遵命（我知道了）。

UNIT 4

伝言を頼まれる
轉達客戶留言

✋ これはタブー！這麼做你就慘了！

伝言内容を**メモする**のは**当たり前**。それよりも相手が誰だったのかを忘れるな。**伝言**を受けたら**復唱する**のは**当たり前**。相手に自分の名前を伝えるのも忘れるな。

　　幫客戶轉達留言時，絕對不能兩手空空！一定要把留言的內容記錄下來，也不要忘記寫上名字。記錄完留言內容時，要把對方的留言內容再重複一次。記錄好之後，也別忘了向對方提及自己的名字。

> 一分鐘學一句
> ## 職場單字學習法 🎧 Track 2-4-1

❶ **伝言** → で ん ご ん → でんごん　留言

❷ **頼まれます** → た の ま れ ま す
　　→ たのまれます　被請託

❸ **メモします** → め も し ま す → めもします　記録

❹ **当たり前** → あ た り ま え → あたりまえ　理所當然的

❺復唱します → ふ　く　しょ　う　します
　→ ふくしょうします　　複誦

❻だいぶ → だ　い　ぶ → だいぶ　　大致上

❼慣れます → な　れ　ま　す → なれます　　習慣

❽エリート → え　り　い　と → えりいと　　菁英

❾達人 → た　つ　じ　ん → たつじん　　精通〜的人

❿キャンセル → きゃ　ん　せ　る → きゃんせる　　放棄

⓫承ります → う　け　た　ま　わ　り　ます
　→ うけたまわります　　受理

⓬見直します → み　な　お　し　ま　す
　→ みなおします　　刮目相看

⓭気がつきます → き　が　つ　き　ま　す
　→ きがつきます　　注意

一分鐘學一句
分段式會話學習法　　Track 2-4-2

❶高橋は → ただいま → 外出して → おりますが
高橋は、ただいま、外出しております。
高橋現在外出。

❷ ご伝言を → お願い → できますか
ご伝言をお願いできますか。

可以麻煩您幫我轉達留言嗎？

❸ 「○△×★/…」と → お伝え → いただけますか
「○△×★/…」とお伝えいただけますか。

可以幫我轉達「○△×★/……」嗎？

❹ 「○△×★/…」 → ということで → よろしい
→ でしょうか

「○△×★/…」ということでよろしいでしょうか。

「○△×★/……」這樣就可以了嗎？

❺ 確かに → 承りました
確かに、承りました。

好的，我全記下來了。

職場會話原來如此　Track 2-4-3

小邱大致上已經習慣工作內容和日文了。真不愧是菁英份子啊！今天他也是元氣十足的喔！今天辦公室裡的日語達人都出去了，只剩下小高和小邱二個人。

小邱
・お待たせいたしました。なるほど株式会社でございます。

讓您久等了！這裡是原來如此股份有限公司。

齊藤

・斉藤と申しますが、五十嵐所長はいらっしゃいますか。

我是齊藤。請問五十嵐所長在嗎？

小邱

・五十嵐は、ただいま、外出中ですが。

五十嵐啊，他現在外出。

齊藤

・あら、そうですか。えーっと、それではですね、ご伝言をお願いできますか。「木曜日はキャンセルさせていただきたい」とお伝えいただけますか。

啊，這樣子啊。那麼～～，嗯～可以麻煩您幫我轉達留言嗎？麻煩您幫我轉達「星期四的約定可能要取消」這件事。

小邱

・木曜日はキャンセル…ということでよろしいでしょうか。

星期四要取消……這樣子就可以了嗎？

齊藤

・ええ、では、よろしくお願いいたします。

是的，那麼就麻煩您了。

小邱

・はい、確かに、承りました。あ、わたくし、邱と申します。

好的，我會確實幫您轉達。啊！我姓邱。

齊藤

・邱さんね。では、よろしくお願いね。

邱先生啊！那麼請多多指教喔！

小邱重新檢視用日語寫的便條之後，卻發現他忘了寫來電客戶的名字。糟了！是誰啊？

用件を聞く羽目になっちゃった

詢問客人來電用意為何？

 これはタブー！這麼做你就慘了！

社内電話の保留ボタンを忘れずに！社内での話が筒抜けになったら大変だ。用件を受けたら、相手に自分の名前を伝えるのは当たり前。

轉接電話時別忘了按電話的保留鍵！要是讓公司內部的對話外洩到對方耳裡就糟啦！接電話詢問客人來電的用意，並負責處理該事件時，請一定要告知對方自己的名字。

一分鐘學一句
職場單字學習法 Track 2-5-1

❶ 用件 → よ う け ん → ようけん　　要事

❷ 羽目 → は め → はめ　　窘況

❸ ボタン → ぼ た ん → ぼたん　　按鍵

❹ 筒抜け → つ つ ぬ け → つつぬけ　　祕密外洩

❺ 誠に → ま こ と に → まことに　　實在很～

❻ 弱ります → よ わ り ま す → よわります　　變弱

❼ ただいま → た だ い ま → ただいま　　現在（いま的敬語）

⑧差し支え → さ し つ か え → さしつかえ　妨礙、障礙

⑨見積もり → み つ も り → みつもり　估價

⑩返答 → へ ん と う → へんとう　回答

⑪一両日 → い ち り ょ う じ つ
→ いちりょうじつ　這一、兩天

⑫ありがたい → あ り が た い → ありがたい　感謝的

⑬差し上げます → さ し あ げ ま す
→ さしあげます　給（あげる的敬語）

一分鐘學一句
分段式會話學習法　Track 2-5-2

❶少々 → お待ち → いただけますか
少々お待ちいただけますか。（女性はこちらのほうが
上品です）
您可以稍等一下嗎？（女生用這句話比較有氣質）

❷本田様 → から → お電話で → ございます
本田様から、お電話でございます。
本田先生打電話找您。

❸申し訳 → ございません → 五十嵐は → ただいま
→ 会議中で → ございます
申し訳ございません。五十嵐は、ただいま、会議中でご
ざいます。
實在很抱歉，五十嵐現在正在開會中。

❹ お差し支え → なければ → わたくしが → ご用件を
→ 承ります
お差し支えなければ、わたくしがご用件を 承ります。

假如您不覺得不妥的話，就由我來為您服務。

❺ 復唱 → させて → いただきます
復唱させていただきます。

我再複誦一次。

❻ 結構 → です
結構です。

這樣就可以了。

❼ わたくし → 高が → 承ります
わたくし、高が、承ります。

我姓高，將會為您處理這件事情。

職場會話原來如此 Track 2-5-3

小高
・はい、なるほど株式会社でございます。
您好，這裡是原來如此股份有限公司。

本田
・わたくし、山崎工業の本田と申します。誠に恐れ入りますが、所長の五十嵐様をお願いいたします。
我是山崎工業的本田。實在很抱歉，可以麻煩您幫我找所長五十嵐先生嗎？

小高
・はい、少々、お待ちいただけますか。
您可以稍等一下嗎？

小高
・「所長、山崎工業の本田様からお電話でございます。」
「所長，山崎工業的本田先生打電話找您。」

五十嵐
・「本田さんかあ、うーん、弱ったなあ。悪いけど、代わりに用件を聞いておいてください。」
「本田先生啊，嗯～，真是為難。不好意思，小高妳代我問本田先生打來有什麼事吧！」

小高
・お待たせいたしました。申し訳ございません。五十嵐は、ただいま会議中でございます。お差し支えなければ、わたくしがご用件を承りますが。
讓您久等了，實在很抱歉，五十嵐現在正在開會中。假如您不覺得不妥的話，就由我來為您服務。

本田
・そうですか。それではお願いします。ん…と、先日、お送りさせていただいた見積もりのご返答をいただきたいと思いまして…。出来れば一両日にいただければありがたいんですが。

這樣子啊！那麼就麻煩您了。嗯～這個嘛～，我其實是想詢問有關上星期報給貴公司估價的事情，不知貴公司是否有答案了呢……？如果可以的話，不知這一、兩天是否方便給我們答覆呢？

小高
・かしこまりました。復唱させていただきます。「山崎工業の本田様より。先日、私どもがいただいた見積もりの返答を、一両日中に差し上げる」ということでよろしいでしょうか。

好的，我知道了。我複誦一次。
「山崎工業的本田先生來電。希望我們可以盡量在這一、兩天回覆有關前幾天的估價事宜」這樣子就可以了嗎？

本田
・はい、結構です。

是的，這樣就可以了。

小高
・わたくし、高が、承りました。

我姓高，將會為您處理此事。

UNIT **6**

折り返すって、何？
「折り返す」是什麼意思？

 これはタブー！這麼做你就慘了！

分からないことがあったのに、**そのままにしておいて恥をかく**のはあなたです。「**聞くは一時の恥、知らぬは一生の恥**」

接電話時如果有不懂的地方，請一定要向對方詢問清楚。假如放置不管，丟臉的會是自己喔！「問只是暫時的羞恥，不知道才是一輩子的羞恥！」

> 一分鐘學一句
> **職場單字學習法** 🎧 Track 2-6-1

❶折り返し → お り か え し → おりかえし　立刻回覆

❷そのまま → そ の ま ま → そのまま　原封不動地

❸恥 → は じ → はじ　羞恥、丟臉

❹メモします → め も し ま す → めもします　記錄

❺知らぬ → し ら ぬ → しらぬ　不知道（意思同知りません）

❻一生 → いっ しょ う → いっしょう　一輩子

❼こちらこそ → こ ち ら こ そ → こちらこそ　彼此彼此

❽切ります → き り ま す → きります　掛（電話）

❾済み → す み → すみ　結束

❿次第 → し だ い → しだい　視～而定

⓫なるほど → な る ほ ど → なるほど　原來如此

❶営業の → 高田様を → お願い → できます → でしょうか
営業の高田様をお願いできますでしょうか。
可以麻煩您幫我找營業部的高田先生嗎？

❷ただいま → 他の → 電話に → 出ております
ただいま、他の電話に出ております。
他現在正在接另一通電話。

❸折り返し → お電話を → 差し上げます
折り返しお電話を差し上げます。
立刻回電話給您。

❹電話が → 終わり次第 → お電話を → 差し上げます
電話が終わり次第、お電話を差し上げます。
等他一講完電話，立刻打電話給您。

❺なるほど
　なるほど！

原來如此！

職場會話原來如此　Track 2-6-3

已完全習慣工作的小邱打電話給客戶。

小邱

・おはようございます。わたくし、なるほど
株式会社（かぶしきがいしゃ）の邱（きゅう）と申（もう）します。

早安，我是原來如此股份有限公司的小邱。

高田同事

・いつもお世話（せわ）になっております。

平常謝謝您的照顧。

小邱

・こちらこそお世話（せわ）になっております。
営業（えいぎょう）の高田様（たかださま）をお願（ねが）いできますでしょうか。

我也是，受您照顧了。可以麻煩您幫我找營業部的高田先生嗎？

高田同事

・高田（たかだ）は、ただいま、他（ほか）の電話（でんわ）に出（で）ております…、
あっ、高田（たかだ）が、電話（でんわ）が終（お）わり次第（しだい）、折（お）り返（かえ）しお
電話（でんわ）を差（さ）し上（あ）げると申（もう）しております。

高田先在正在接另一通電話……。啊！等他一結束電話，立刻請
高田回電話給您。

小邱
- はあ、分かりました。それではよろしくお願いいたします。
  啊？！好的，我知道了。那麼就麻煩您了。

掛掉電話後，小邱向陳小姐詢問。

小邱
- 陳さん、高田さんが電話に出ているんですって。「折り返しお電話を差し上げる」って言ってたけれど、いつ電話することですか。
  陳小姐，高田先生正在講另一通電話。對方説了一句「折り返しお電話を差し上げる」，那他什麼時候會打來啊？

小陳
- 電話が済み次第、電話するということですよ。
  等電話講完，他就會立刻打來了。

小邱
- 「折り返し」ああ、なるほど！
  啊～原來「折り返し」的意思是這樣啊！

私じゃわからない！
部長、出て！

我不懂啦！部長你來接！

 これはタブー！這麼做你就慘了！

わかりません、と**言い切って**はいけない。分からなくても**最善の方法**を！

　　接電話時，絕對不可以説「わかりません（我不懂）」！即使不懂也應該要找出一個最好的方法來解決！

> **一分鐘學一句**
> **職場單字學習法** 🎧⚡ Track 2-7-1

❶ 言い切って → い　い　きっ　て → いいきって　断言

❷ 最善 → さ　い　ぜ　ん → さいぜん　最好的

❸ 出張 → しゅっ　ちょ　う → しゅっちょう　出差

❹ 困ります → こ　ま　り　ま　す → こまります　困擾

❺ 船便 → ふ　な　び　ん → ふなびん　船運

❻ 到着 → と　う　ちゃ　く → とうちゃく　抵達

❼ お届け → お　と　ど　け → おとどけ　送達

❽ 合図 → あ　い　ず → あいず　暗號

❾助かります → た　す　か　り　ま　す
　　→ たすかります　　得救

一分鐘學一句
分段式會話學習法　　Track 2-7-2

❶本日 → より → 出張で → 三日ほど → 留守に → して
→ おります
本日より、出張で、三日ほど留守にしております。
從今天開始出差三天，所以不在公司。

❷すぐに → 確認 → いたしまして → 折り返し → お電話を
→ 差し上げます
すぐに、確認いたしまして、折り返しお電話を差し上げ
ます。
等一下確認完之後，立刻回電給您。

❸お待ち → して → おります
お待ちしております。
我等您。

❹助かります
助かります。
太好了！（幫了我一個大忙）

❺ 困った → なあ
困ったなあ。

真傷腦筋啊！

小高

・はい、なるほど株式会社でございます。

你好，這裡是原來如此股份有限公司。

佐藤

・蕭さん、いらっしゃいますか。

請問蕭先生在嗎？

小高

・蕭は、本日より、三日ほど、出張で留守にしております が。

本公司的小蕭從今天開始出差三天，所以不在公司。

佐藤

・あ、困ったなあ…。山野産業の佐藤ですが、 船便で送っていただくと、いつ、大阪に到着でし たっけ。

哎呀，真傷腦筋啊……。我是山野產業的佐藤，我想請問一下， 如果用船運來運送貨物的話，大概什麼時候可以到大阪呢？

小高

・佐藤様、お世話になっております。山野産業様
　へのお届けですね。（わあ、どうしよう、分から
　ない…）

佐藤先生，平常感謝您的關照。您剛剛是說要送到山野產業去的
話，要多久呢？（哇～怎麼辦？我不知道……）

小邱對小高做出「回電話」的暗示。

 小高

・ええと、それでは、すぐに確認いたしまして、
　折り返しお電話を差し上げます。

嗯～那麼，我等一下確認完之後，立刻回電給您。

 佐藤

・ああ、助かります。では、お待ちしております。

啊，這樣真是太好了！（你幫了我一個大忙）那麼，我靜候您的
回電。

 小高

・かしこまりました。

好的。

UNIT 8

途中で切れちゃった。どっちがかけ直すの？

電話突然斷了，由誰先回撥呢？

 これはタブー！這麼做你就慘了！

用事が済んでいるからといって、途中で、切れたままにしてはいけない。

假如電話突然斷線，就算該講的事情都講完了，也不可以放任不管。如果是自己打過去的話，一定要再打一次電話，為剛才的斷線狀況表示歉意，並且為談話做一個結論。

> 一分鐘學一句
> **職場單字學習法** Track 2-8-1

❶ 途中 → と ちゅ う → とちゅう　中途

❷ かけ直す → か け な お す → かけなおす　重撥電話

❸ 用事 → よ う じ → ようじ　有事

❹ 尻切れトンボ → し り き れ と ん ぼ
→ しりきれとんぼ　斷尾的蜻蜓（比喻事情做一半，不了了之）

❺ 納品 → の う ひ ん → のうひん　進貨

❻ 先ほど → さ き ほ ど → さきほど　剛才

❼大変 → た　い　へ　ん → たいへん　　非常

❽わざわざ → わ　ざ　わ　ざ → わざわざ　　專程

❾丁寧 → て　い　ね　い → ていねい　　有禮貌的

❿期日 → き　じ　つ → きじつ　　日期

一分鐘學一句
分段式會話學習法　　Track 2-8-2

❶先ほどは → 途中で → 切れて → しまいまして → 大変
→ 失礼 → いたしました
先ほどは、途中で切れてしまいまして、大変、失礼いた
しました。
剛才電話講到一半突然斷掉了。

❷佐藤様を → もう一度 → お願い → できます → でしょうか
佐藤様をもう一度、お願いできますでしょうか。
可以麻煩您再幫我請佐藤先生聽嗎？

❸わざわざ → ご丁寧に → ありがとう → ございます
わざわざ、ご丁寧にありがとうございます。
感謝您還這麼有禮貌。

❹いいえ → とんでも → ない
いいえ、とんでもない。
不，這沒什麼。

❺ 納品は → 今月末 → という → ことで → よろしい → ですか

納品は今月末、ということでよろしいですか。

進貨就訂於這個月底，可以嗎？

❻ では → 失礼 → いたします

では、失礼いたします。

那麼，再見。（特別常用於結束電話時的用語）

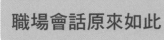 職場會話原來如此 Track 2-8-3

小邱

・はい、ありが…、えっ！もしもし、もしもし…。
ああ、切れちゃった。ま、いいか、用も済んだ
し…。（電話をそのまま切る）

好的，謝……，嗯！！喂～喂～……。啊～電話斷線了。好吧～
反正也算了，事情也講完了……。（順手掛上電話）

小陳

・あら？邱さん、途中で切れちゃったの?

哎呀？小邱啊，電話講到一半斷掉啦？

小邱

・ええ、そうなんです。

是的，沒錯。

小陳

・邱さんがかけたんだから、邱さんのほうからかけ直さなきゃ。尻切れトンボはいけないって所長がいつも言っていますよ。

因為是小邱打過去的，所以你一定要再打回去喔！你忘了社長常常說不可以做出「斷尾蜻蜓」的事情嗎？

小邱

・へえ、そういうものですか。

是喔～原來社長指的就是這種事情啊！

（再重撥一次電話的小邱）

小邱

・もしもし、なるほど株式会社の邱でございます。先ほどは、途中で、切れてしまいまして、大変失礼いたしました。佐藤様を、もう一度、お願いできますでしょうか。

您好，我是原來如此股份有限公司的小邱。剛才電話講到一半突然斷掉了，實在是非常不好意思。可以麻煩您再幫我請佐藤先生聽嗎？

（佐藤接電話）

佐藤

・いやー、邱さん、わざわざご丁寧にありがとうございます。

哎呀，邱先生，感謝您還這麼有禮貌地專程打電話來。

小邱

・いいえ、とんでもない。納品期日の件は今月末、ということでよろしいですか。

不，應該的。所以關於進貨日期這件事，就決定這個月底了，可以嗎？

佐藤

・ええ、それで結構です。

是的，這樣子就可以了。

小邱

・ありがとうございます。それでは、失礼いたします。

謝謝您，再見。

早く、切りたがっていませんか？

你想早點掛電話嗎？

 これはタブー！這麼做你就慘了！

忙しいからと、**さっさと受話器を置いてはいけません**。相手の**挨拶**が済まないうちに、電話を切ってはいけない。

接電話時，絕對不可以用「忙碌」當藉口，急急忙忙地丟掉話筒。在對方還沒有結束對話前，不可以掛上電話。

一分鐘學一句
職場單字學習法　Track 2-9-1

❶ 早く → は や く → はやく　快一點

❷ たがる → た が る → たがる　想〜

❸ さっさと → さっ さ と → さっさと　快速地、急急忙忙地

❹ 受話器 → じゅ わ き → じゅわき　話筒

❺ 置きます → お き ま す → おきます　放置

❻ 挨拶 → あ い さ つ → あいさつ　打招呼

❼ 打ち合わせ → う ち あ わ せ → うちあわせ　洽談

⑧ 承知 → しょ　う　ち → しょうち　　知道（謙讓語）
⑨ ガチャン → が　ちゃ　ん → がちゃん
咔嚓〜（用力掛電話的聲音）
⑩ 違反 → い　は　ん → いはん　　違反

一分鐘學一句
分段式會話學習法　Track 2-9-2

❶ お電話 → 代わりました → 鈴木 → です
お電話代わりました。鈴木です。
電話換人接聽了，我是鈴木。

❷ 時間を → 変更して → いただけませんか
時間を変更していただけませんか。
可以更改時間嗎？

❸ 午後 → なら → いつ → でも → 大丈夫 → です
午後なら、いつでも大丈夫です。
下午之後的時間，我隨時都可以。

❹ 何時に → しましょうか
何時にしましょうか。
那要約幾點呢？

❺ 加藤さんの → お時間に → 合わせます
加藤さんのお時間に合わせます。

配合加藤先生您的時間。

❻ 3時で → いかがですか
3時で、いかがですか。

3點可以嗎？

❼ 承知 → いたしました
承知いたしました。

我知道了。

職場會話原來如此　Track 2-9-3

長谷川叫小邱翻譯合約書，所以小邱處於爆忙狀態。

小高
・ 邱さん、ＩＰ電気の加藤様からお電話です。

小邱，IP電器的加藤先生打電話找你。

小邱
・ （高さんに）ありがとうございます。
（お電話代わりました。）邱です。お世話になっ
ております。

（對小高説）謝謝妳。
（電話換人接聽了）我是小邱。感謝您的照顧。

加藤

・ああ、邱さん、明日の打ち合わせのことなんですが、時間を変更していただけませんか。

啊，邱先生，關於明天洽談的事宜，不知可否變更時間呢？

小邱

・ええっと、明日ですね。はい、午後なら、いつでも大丈夫です。

這個嘛，明天嗎？好的，下午之後的時間，我隨時都可以。

加藤

・何時にしましょうか。

那要約幾點呢？

小邱

・加藤さんのお時間に合わせますが。（速く決めて…）

配合加藤先生您的時間。（快點決定啦……）

加藤

・じゃ、3時で、いかがですか。

那麼，3點可以嗎？

小邱

・はい、はい、明日の午後3時でございますね。承知いたしました。

好，好，明天下午3點。我知道了。

加藤

・それでは…（ガチャンと電話が切れる…）

那麼，謝……（電話"咔嚓——"一聲地被掛斷了……）

小邱啊～這樣子可是違反電話禮儀的喔。

UNIT
10

よく、聞_きこえません。
どうすればいい？

聽不太清楚時怎麼辦？

✋ **これはタブー！這麼做你就慘了！**

「すみません。**よく、聞_きこえない**んですが」これはタブー_{たぶー}です。もっと、大_{おお}きい声_{こえ}で話_{はな}せといっているようなものです。

電話_{でんわ}の混線_{こんせん}で、何_{なに}も聞_きこえなくても、「ガチャン_{がちゃん}」と切_きってはいけません。

聽不太清楚時，絕對不可以跟對方説「すみません。よく、聞_きこえないんですが（不好意思我聽不太清楚）」。因為這樣聽起來很像在命令對方説大聲一點。

就算電話有雜音，什麼都聽不見，也不可以「咔嚓」地掛掉電話。

一分鐘學一句
職場單字學習法 🎧 Track 2-10-1

❶ よく → よ く → よく　　好好地〜、清楚地〜

❷ 聞_きこえます → き こ え ま す → きこえます　　聽見

❸ 声_{こえ} → こ え → こえ　　聲音

❹ 混線_{こんせん} → こ ん せ ん → こんせん　　電話線路短路

❺ 遠い → と　お　い → とおい　遙遠的

❻ 機器 → き　き → きき　機器

❼ 外 → そ　と → そと　外面

❽ しばらく → し　ば　ら　く → しばらく　暫時

❾ 一度 → い　ち　ど → いちど　一次

❿ 数分後 → す　う　ふ　ん　ご → すうふんご　幾分鐘後

一分鐘學一句
分段式會話學習法　Track 2-10-2

❶ 申し訳 → ございません → お声が → 遠い → よう → ですが
申し訳ございません、お声が遠いようですが。
不好意思，您的聲音有點聽不太清楚。

❷ もし → もし → 聞こえますか
もし、もし、聞こえますか。
喂～喂～，聽得到嗎？

❸ 外 → から → かけて → いる → もの → です → から
外からかけているものですから。
我是在外面打的。

❹ 電話が → 混線して → いる → よう → です
電話が、混線しているようです。
電話好像有點短路。

❺ 恐れ入りますが → しばらくして → から → おかけ直し
→ いただけますか

恐れ入りますが、しばらくしてから、おかけ直しいただけますか。

很不好意思，可以麻煩您等一下再重撥一次嗎？

❻ 申し訳 → ございません → 一度 → 切らせて
→ いただきます

申し訳ございません。一度、切らせていただきます。

不好意思，請容許我先掛斷電話。

❼ ～ておりまして → 何も → 聞こえなかった → もので

～ておりまして、何も聞こえなかったもので。

因為～，所以什麼都聽不見。

職場會話原來如此　Track 2-10-3

①通訊很快恢復的狀況

小邱

・はい、なるほど株式会社でございます。

您好，這裡是原來如此股份有限公司。

高田

・太陽機器の高田です…。

我是太陽機器的高田……。

・？あの…、申し訳ございません。お声が遠いようですが…。

？嗯……，不好意思，您的聲音有點聽不太清楚……。

・もし、もし、今、聞こえますか?

喂，喂，現在聽得見嗎？

・あ、はい、よく聞こえます。大変、失礼いたしました。

啊，有的，現在聽得很清楚。剛才失禮了。

・太陽機器の高田です。外からかけているものですから…。

我是太陽機器的高田，我是在外面打的……。

・ああ、高田様、いつも、お世話になっております。

啊，高田先生啊，謝謝您平常的照顧。

②需要重撥的狀況

・はい、なるほどでございます。

您好，這裡是原來如此。

・△○□★ ×…、△○□★×…

△○□★×……、△○□★×……

107

小高

・は？（何にも聞こえない…）あのう、申し訳ございません。電話が混線しているようです。恐れ入りますが、しばらくしてから、おかけ直しいただけますか。

什麼？（什麼都聽不見……）嗯～不好意思。電話好像有點短路。很不好意思，可以麻煩您等一下再重撥一次嗎？

本田

・△○□★×…、△○□★×…
△○□★×……、△○□★×……

小高

・あの、申し訳ございません。一度、切らせていただきます。

不好意思，請容許我暫時掛斷電話。

（幾分鐘後……）

本田

・先ほど、お電話差し上げました、山崎工業の本田です。

我是剛才打電話來的山崎工業的本田。

小高

・ああ、本田様でいらっしゃいましたか。電話が混線しておりまして、何も聞こえなかったもので、大変、失礼いたしました。

啊～本田先生啊，因為剛才電話線短路，什麼都聽不見。真是不好意思。

UNIT 11

部長の携帯電話の番号を教えて

把部長的手機號碼外洩

 これはタブー！這麼做你就慘了！

オフィスには**いろいろな**電話がかかってくるものです。**迂闊**に、社員の**携帯電話**の番号を、**教えて**はいけない。**面倒な**ことの**元**になるかも…。

　　辦公室裡一定會有很多的電話不斷打進來。絕對不可以太輕易就把公司同事的手機號碼告訴客戶。因為這可能會引發很大的麻煩……。

一分鐘學一句
職場單字學習法　Track 2-11-1

❶ **教えます** → お し え ま す → おしえます　告訴
❷ **携帯電話** → け い た い で ん わ
　　 → けいたいでんわ　手機
❸ **オフィス** → お ふぃ す → おふぃす　辦公室
❹ **いろいろな** → い ろ い ろ な
　　 → いろいろな　各式各樣的
❺ **迂闊** → う か つ → うかつ　輕易地

❻ 面倒な → め ん ど う な → めんどうな　麻煩的

❼ 元 → も と → もと　源頭、來源

❽ 噂 → う わ さ → うわさ　傳聞

❾ 連絡先 → れ ん ら く さ き → れんらくさき　聯絡處

❶ どちらの → 高橋様で → いらっしゃいますか
どちらの高橋様でいらっしゃいますか。
您是哪一位高橋先生呢？

❷ 田中さんの → 携帯電話の → 番号を → 教えて
→ いただけますか
田中さんの携帯電話の番号を教えていただけますか。
可以告訴我田中先生的手機號碼嗎？

❸ よろしかったら → ファックスを → お送りしましょうか
よろしかったら、ファックスをお送りしましょうか。
假如可以的話，我傳真給您吧！

❹五十嵐 → のほう → から → お電話を → 差し上げる
→ ように → いたしましょうか
五十嵐のほうからお電話を差し上げるようにいたしま
しょうか。

我會轉達五十嵐，請他回電。

❺そう → して → いただけますか
そうしていただけますか。

那麼就麻煩你了。

❻高橋様の → ご連絡先を → お願い → いたします
高橋様のご連絡先をお願いいたします。

麻煩高橋先生給我您的聯絡方式。

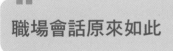

職場會話原來如此　　Track 2-11-3

 齊藤
・わたくし、斉藤と申します。五十嵐さん、いらっ
しゃいますか。

我是齊藤。請問五十嵐先生在嗎？

 小陳
・あの、失礼ですが、どちらの斉藤様でいらっしゃ
いますか。

啊，不好意思，請問是哪一位齊藤小姐呢？

齊藤

・いえ、言っていただければ分かりますので…。

沒關係，麻煩您跟他説，他就知道了……。

（陳小姐突然想到。這一定是傳聞中的那位女性）

小陳

・五十嵐は、ただいま、外出中でございます。

五十嵐現在外出。

齊藤

・あらぁ？そうですか…。困ったわねえ。じゃあ、
五十嵐さんの携帯の番号を教えていただけます
かぁ。

是嗎？這樣子啊……。真是有點傷腦筋耶！那麼，可以麻煩您告訴我五十嵐先生的手機號碼嗎？

小陳

・あの、よろしかったら、五十嵐のほうから斉藤様
に、お電話を差し上げるようにいたしましょうか。

嗯～如果可以的話，我會轉達五十嵐，跟他説有一位齊藤小姐打電話找他，請他回電。

齊藤

・そうですか。じゃ、そうしていただけますかぁ。

這樣子啊。好的，那麼就麻煩您了。

小陳

・では、斉藤様のご連絡先をお願いいたします。

那麼，麻煩齊藤小姐您給我您的聯絡方式。

UNIT 12

間違い電話にはどうする？
打錯電話怎麼辦？

 これはタブー！這麼做你就慘了！

「まちがいです！」と切ってはいけない。いつ、ビジネス相手になるか分かりません。どんな電話にも丁重に！

假如有人打錯電話，絕對不可以跟對方說「まちがいです！（你打錯了！）」就無情地掛掉電話。因為你永遠不知道這個人什麼時候會變成自己的客戶。不管接什麼電話都要慎重一點。

> 一分鐘學一句
> **職場單字學習法** 🎧 Track 2-12-1

❶ 間違い → ま ち が い → まちがい　打錯了！

❷ 丁重 → て い ちょ う → ていちょう　慎重

❸ おられます → お ら れ ま す
　→ おられます　在（います的敬語）

❹ 通商 → つ う しょ う → つうしょう　〜貿易公司

❺ 薬品 → や く ひ ん → やくひん　藥品

❻ いやあ → い や あ → いやあ　不會吧

❼ 事務所 → じ む しょ → じむしょ　　辦公室

❽ サクラ → さ く ら → さくら　　櫻花

❾ 電話番号 → で ん わ ば ん ご う
→ でんわばんごう　　電話號碼

❿ 偉い → え ら い → えらい　　偉大的

一分鐘學一句
分段式會話學習法　Track 2-12-2

❶ 社長は → まだ → 社に → おられますか
社長は、まだ、社におられますか。
社長還在公司裡嗎？

❷ どちらに → おかけ → でしょうか
どちらにおかけでしょうか。
您要打到哪裡呢？

❸ すみません → 間違えた → よう → ですね
すみません。間違えたようですね。
不好意思，我好像打錯了。

❹ あのう → 太陽機器様 → では
あのう、太陽機器様では?
您那裡是太陽機器嗎？

❺ お電話番号は → ○○○─△△△△では → ございませんか
お電話番号は○○○─△△△△ではございませんか。

不好意思，您那邊的電話不是○○○─△△△△嗎？

❻ 申し訳 → ございません → わたくし → お電話番号を
→ 間違えて → しまった → よう → です
申し訳ございません。わたくし、お電話番号を間違えて
しまったようです。

哎唷～，很不好意思。我好像打錯電話號碼了，實在是非常抱歉。

職場會話原來如此　Track 2-12-3

① 間違い電話を受ける　　接到打錯的電話

....

小高

・はい、なるほど株式会社でございます。
您好，這裡是原來如此股份有限公司。

....

・ああ、山本ですが、社長はまだ、会社におられ
ますか。
你好，我是山本，社長還在公司裡嗎？

....

小高

・はあ？どちらの山本様でいらっしゃいますか。
啊？您是哪一位山本先生呢？

・どちらのって、円山通商ですよ。

什麼哪一位啊？我是圓山通商。

・あの、こちらはなるほど株式会社と申しますが。
どちらにおかけでしょうか。

不好意思，這裡是原來如此股份有限公司。請問您要打到哪裡
呢？

・なるほど？いやあ、すみません。間違えたようで
すねえ。あははは、申し訳ございません。
失礼いたしました。

原來如此公司？啊～不好意思，我好像打錯了。啊哈哈哈哈，
真的很抱歉，不好意思。

②間違い電話をかけてしまう　　打錯電話

・はい、横浜事務所です。

你好，這裡是橫濱辦公室。

・えっ！…、あのう、太陽機器さまでは?

什麼！……。嗯，您那裡是太陽機器嗎？

・いいえ、こちらはサクラ薬品と申しますが。

不是的，這裡是櫻花藥品。

・あのう、お電話番号は○○○―△△△△ではござ
いませんか。

不好意思，您那邊的電話不是○○○―△△△△嗎？

横濱事務所

・いいえ、違います。

不，不是的。

小高

・あ〜、申し訳ございません。わたくし、お電話番号を間違えてしまったようです。大変、失礼いたしました。

啊〜，很不好意思。我好像打錯電話號碼了，實在是非常抱歉。

第3章

たしゃほうもん
他社訪問
到客戶公司拜訪

とにかくアポイント(あぽいんと)を取(と)ろう

成功約到客戶

 これはタブー！這麼做你就慘了！

　午前中(ごぜんちゅう)にメール(めーる)を入(い)れ、午後(ごご)には電話(でんわ)をしてアポ(あぽ)を取(と)ろう。「ご担当(たんとう)の方(かた)はどなたでしょうか」、これはタブー(たぶー)！相手側(あいてがわ)を十分(じゅうぶん)に調(しら)べ、担当者(たんとうしゃ)の氏名(しめい)くらいは知(し)っておくのは基本(きほん)。確実(かくじつ)にアポ(あぽ)を取(と)るには、業界(ぎょうかい)のつてをフル(ふる)に活用(かつよう)し、紹介者(しょうかいしゃ)を立(た)てることです。

　前去拜訪客戶時，絕對不可以冒冒失失地就跑去找客戶。應該先在上午發一封電子郵件，下午時再撥一通電話跟對方約好碰面的時間。還有，打電話前去的時候，不可以出現「請問誰是負責人？（ご担当(たんとう)の方(かた)はどなたでしょうか）」這樣的問句。聯絡之前就必須先充分了解對方，知道負責人的名字是最基本的。為了能夠確實約到對方談生意，最好可以運用業界的人脈，經由介紹者的引薦，會讓事情進行得更順利。

> 一分鐘學一句
> **職場單字學習法**　🎧 Track 3-1-1

❶ とにかく → と　に　か　く → とにかく　總之
❷ アポイント(あぽいんと) → あ　ぽ　い　ん　と → あぽいんと　約時間

❸十分 → じゅ　う　ぶ　ん → じゅうぶん　　充分地

❹氏名 → し　め　い → しめい　　名字

❺つて → つ　て → つて　　人脈、門路

❻フルに → ふ　る　に → ふるに　　充分地、最大限度地

❼新規 → し　ん　き → しんき　　新的（〜会社、〜客）

❽パネル → ぱ　ね　る → ぱねる　　面板

❾弊社 → へ　い　しゃ → へいしゃ　　本公司

❿存じます → ぞ　ん　じ　ま　す
　　　→ ぞんじます　　覺得〜、認為〜（思う的謙讓語）

⓫是非 → ぜ　ひ → ぜひ　　務必

⓬詰ります → つ　ま　り　ま　す
　　　→ つまります　　塞住、受阻礙

一分鐘學一句
分段式會話學習法　　Track 3-1-2

❶午前中に → メールを → 差し上げた → もの → です
午前中にメールを差し上げたものです。
我在上午發了一封電子郵件。

❷高田様 → より → ご紹介 → いただきまして
→ ご連絡を → させて → いただきました
高田様よりご紹介いただきまして、ご連絡をさせていただきました。

經由太陽機器高田先生的介紹而與您取得聯絡的。

❸高田様には → お世話に → なって → おります
高田様にはお世話になっております。

受高田先生許多照顧。

❹お時間を → いただきたいと → 存じまして → お電話
→ させて → いただきました
お時間をいただきたいと存じまして、お電話させていただきました。

今天打這通電話給您，希望您可以撥個時間給我。

❺お忙しい → こと → と存じますが → 是非
→ お話させて → いただきたいの → ですが
お忙しいことと存じますが、是非、お話させていただきたいのですが。

是的。我想您一定非常地忙，不過，務必請您撥出時間讓我為您說明。

❻一時間 → ほど → お時間を → いただけません → でしょうか
一時間ほど、お時間をいただけませんでしょうか。

不知道您是否可以給我一個小時的時間呢？

❼今週は → ちょっと → 詰まって → おります
今週はちょっと詰まっております。

這星期的時間比較緊。

職場會話原來如此　Track 3-1-3

經由長谷川的指導之後，小邱開始要自己去開發新客戶了！加油！

小邱

・わたくし、なるほど株式会社の邱と申します。
本日の午前中に、企画部長の市川様にメールを差し上げたものですが、市川様をお願いしたいのですが。

我是原來如此股份有限公司的小邱。
今天早上我有發了一封電子郵件給企劃部長──市川先生，想麻煩您幫我請市川先生聽一下電話。

市川

・お電話、代わりました。市川です。

電話換人接聽了，我是市川。

小邱

・液晶パネル製造販売をしておりますなるほど
株式会社の邱と申します。太陽機器の高田様より
ご紹介をいただきまして、ご連絡をさせていただきました。

我是在製造與販賣液晶面板的原來如此股份有限公司，敝姓邱。
是經由太陽機器高田先生的介紹而與您取得聯絡的。

市川

・ああ、太陽機器さんですか。

啊～是太陽機器啊！

小邱

・太陽機器様にはお世話になっております。
本日は、弊社の商品紹介のために、お時間をいただきたいと存じまして、お電話させていただきました。

平常太陽機器很照顧我們。
今天打這通電話想向您介紹本公司的產品，希望您可以撥個時間給我們。

市川

・何か、新商品でも。

有什麼新產品嗎？

小邱

・はい、きっとお忙しいと思いますが。一時間ほど、お時間をいただけませんでしょうか。

是的。我想您一定非常地忙，不過，務必請您撥出時間讓我為您說明。不知道您是否可以給我一個小時的時間呢？

市川

・そうですねえ。今週はちょっと詰まっておりますので、来週の火曜日なら、大丈夫です。

也好。這星期的時間比較緊，下星期二的話就沒問題了。

小邱

・来週の火曜日、１８日でございますね。お時間は。

下星期二，是18日。您方便的時間是？

市川

・午後２時でいかがですか。

下午2點可以嗎？

小邱

・ありがとうございます。それでは、来週、火曜日、１８日の午後２時にうかがいます。

謝謝。那麼，下星期的星期二，18日的下午2點，我會前去貴公司拜訪您。

UNIT 2

緊張の他社訪問
緊張的客戶拜訪

これはタブー！這麼做你就慘了！

1. 時間厳守は当然。早すぎてもいけない。約束の時間、5分前には到着しよう。

2. 携帯電話はマナーモードにする。商談のテーブルの上に置くのはもってのほか!

3. 名刺交換が済んだら、当日のアジェンダを伝えること。

4. 話が弾んでも、だらだらと長居をしてはいけない。用事が済んだら早々に失礼するのが礼儀。他社訪問にはマナーに十分に配慮しましょうね。

1. 務必要遵守時間,絕對不可以遲到或太早抵達。大約在約定時間的5分鐘前抵達就可以了。

2. 手機請調至震動或靜音模式,談生意時絕對不可以把手機放在桌上。

3. 交換完名片之後,必須說明當天的討論議程。

4. 就算兩人相談甚歡,也不可以待太久。事情辦完之後就要早早離開,這是很重要的基本禮儀。請特別注意拜訪客戶時的禮儀!

❶ 他社 → た　しゃ → たしゃ　　別的公司

❷ 厳守 → げ　ん　しゅ → げんしゅ　　嚴格遵守

❸ マナーモード → ま　な　あ　も　お　ど
　　→ まなあもおど　　靜音模式（手機關震動）

❹ 名刺 → め　い　し → めいし　　名片

❺ アジェンダ → あ　じぇ　ん　だ
　　→ あじぇんだ　　一般會議（如公司）議程

❻ 弾みます → は　ず　み　ま　す
　　→ はずみます　　起勁、談話順利

❼ だらだら → だ　ら　だ　ら → だらだら　　冗長

❽ 長居 → な　が　い → ながい　　久居

❾ 配慮します → は　い　りょ　し　ま　す
　　→ はいりょします　　注意

❿ ビジネススーツ → び　じ　ね　す　す　う　つ
　　→ びじねすすうつ　　上班西裝

⓫ ばっちり → ばっ　ち　り → ばっちり　　沒問題、無懈可擊

⓬ 足元 → あ　し　も　と → あしもと　　腳邊

⓭ 起動 → き　ど　う → きどう　　開始啟動

⑭ 歩み寄り → あ ゆ み よ り
　　→ あゆみより　　走向～、靠近
⑮ 頂戴します → ちょ う だ い し ま す
　　→ ちょうだいします　　收下
⑯ 拝読します → は い ど く し ま す
　　→ はいどくします　　拜讀（謙讓語）

一分鐘學一句
分段式會話學習法　　Track 3-2-2

❶本日 → 2時に → 市川様を → お訪ねする → ことに
　→ なって → おります → なるほど株式会社の → 邱
　→ と申します
本日、2時に、市川様をお訪ねすることになっております、なるほど株式会社の邱と申します。
我今天2點要來拜訪市川先生，我是原來如此股份有限公司的邱先生。

❷どうぞ → こちらへ → ご案内 → いたします
どうぞ、こちらへ。ご案内いたします。
這邊請，我來為您帶路。

❸本日は → お忙しい → ところを → お時間を → 取って
→ いただき → ありがとうございます
本日は、お忙しいところをお時間を取っていただきあり
がとうございます。

今天很謝謝您百忙之中抽空見我。

❹わたくし → なるほど株式会社の → 営業を → して
→ おります → 邱 → と申します
わたくし、なるほど株式会社の営業をしております、邱
と申します。

我是原來如此股份有限公司的業務，敝姓邱。

❺頂戴 → いたします
頂戴いたします。

謝謝您，我收下了。

❻さあ → どうぞ → おかけ → ください
さあ、どうぞ、おかけください。

那麼，您請坐吧！

128

職場會話原來如此　Track 3-2-3

小邱一個人為了開發新客戶而前去客戶的公司。他反覆不斷地練習。沒問題的，因為他的西裝可是無懈可擊呢！

（在櫃台）

小邱

・本日、２時に、市川様をお訪ねすることになっております、なるほど株式会社の邱と申します。恐れ入りますが、市川様をお願いいたします。

我今天2點要來拜訪市川先生，我是原來如此股份有限公司，我姓邱。不好意思，可以麻煩您幫我找市川先生嗎？

櫃台小姐

・どうぞ、こちらへ。ご案内いたします。

這邊請，我來為您帶路。

這時候你要這麼做

被帶到會客室之後，請把公事包、樣品類的東西放在自己的腳邊，絕對不可以放在桌子上。電腦則是在交換名片之後，向對方説句「不好意思」再啟動電腦。

接待的人端出茶水

小邱

・ありがとうございます。

謝謝你。

這時候你要這麼做

正在洽談中的話，請用眼神向端茶水的人表示謝意即可。

市川部長進到接待室了。小邱馬上起身。

小邱

・本日は、お忙しいところをお時間を取っていただきありがとうございます。

今天很謝謝您百忙之中抽空見我。

這時候你要這麼做

走向市川先生並從名片夾中拿出名片。記得拿出名片時，要把順讀的方向朝著對方。

小邱

・わたくし、なるほど株式会社の営業をしております、邱と申します。

我是原來如此股份有限公司的業務，敝姓邱。

市川

・市川です。

我是市川。

小邱

・頂戴いたします。

謝謝您，我收下了。

這時候你要這麼做

右手接過對方的名片，左手拿著名片夾。並且用右手把名片放在自己的名片夾上詳讀對方的名片。

市川

・さあ、どうぞ、おかけください。
那麼，您請坐吧！

小邱

・失礼<ruby>しつれい</ruby>いたします。
不好意思。

這時候你要這麼做

把電腦放在桌上並開啟電腦。名片放在名片夾上，電腦和資料要放在不會掉落桌子的地方。假如有很多人的話，輩份較低的人應先拿出名片。

UNIT 3

愛情をもって自社を紹介しよう

富有感情地介紹自家公司吧！

 これはタブー！這麼做你就慘了！

会社説明は**一方的**になるので、**先方の反応をうかがいながら進めよう**。
説明に**必死**になって、相手を**置き去り**にしてはいけない。相手が関心を
もってくれたら、**しめたものです**。

　　介紹自己公司時，絕對不可以自己說得開心就好了！因為介紹公司的時
候，可能會變成一人唱獨角戲的感覺，所以要一邊觀察對方的反應，一邊進
行公司的介紹。

　　絕對不可以自己埋頭苦幹地介紹，完全不管對方的反應。假如對方對自
己的公司有興趣，會提出問題時，就表示大概成功了。

> **一分鐘學一句**
> **職場單字學習法**　🎧 Track 3-3-1

❶ **愛情** → あ　い　じょ　う → あいじょう　愛情、感情

❷ **一方的** → いっ　ぽ　う　て　き → いっぽうてき　單方面的

❸ **先方** → せ　ん　ぽ　う → せんぽう　對方

❹ **しめた** → し　め　た → しめた　好極了、正中下懷

⑤ うかがいます → う　か　が　い　ま　す
　　→ うかがいます　　詢問

⑥ 進(すす)めます → す　す　め　ま　す → すすめます　　進行

⑦ 必死(ひっし)に → ひっ　し　に → ひっしに　　拼命地

⑧ 置(お)き去(ざ)り → お　き　ざ　り → おきざり　　放任不管

⑨ 立上(たちあ)げ → た　ち　あ　げ → たちあげ　　開始設立

⑩ 敷地(しきち) → し　き　ち → しきち　　腹地

⑪ 広々(ひろびろ) → ひ　ろ　び　ろ → ひろびろ　　寬廣

⑫ サービス → さ　あ　び　す → さあびす　　服務

⑬ 充実(じゅうじつ) → じゅ　う　じ　つ → じゅうじつ　　充實

一分鐘學一句
分段式會話學習法　　Track 3-3-2

❶ 業界(ぎょうかい)で → 好評(こうひょう)を → いただいて → おります
業界(ぎょうかい)で好評(こうひょう)をいただいております。

廣受業界好評。

❷ 新製品(しんせいひん) → について → の → 説明(せつめい)を → させて
　→ いただきます
新製品(しんせいひん)についての説明(せつめい)をさせていただきます。

為您介紹新產品。

❸本社は → 豊田市に → ございます

本社は豊田市にございます。

總公司位於豊田市。

❹新竹市に → 開発 → 研究所と → 工場を → 有して → おります

新竹市に開発研究所と工場を有しております。

新竹市有我們的開發研究處和工廠。

❺サービス面で → さらに → 充実を → 図る → 予定 → でおります

サービス面で、さらに、充実を図る予定でおります。

希望可以提供客戶更充實、完善的服務。

職場會話原來如此　Track 3-3-3

小邱

・本日は、弊社の案内から始めまして、業界で好評をいただいておりますRU200についての説明をさせていただきます。

今天就從本公司的介紹開始，接著為您介紹廣受業界好評的RU200產品。

市川

・本社は、確か、愛知県のほうでしたね。

我記得貴公司的總公司好像在愛知縣，對吧！

・はい、豊田市（とよたし）にございます。
弊社（へいしゃ）は１９６８年（せんきゅうひゃくろくじゅうはちねん）に資本金（しほんきん）600万円（ろっぴゃくまんえん）で工場（こうじょう）を立（た）ち上（あ）げ、増資（ぞうし）を続（つづ）け、昨年（さくねん）までに1億2千万（いちおくにせんまん）に成長（せいちょう）いたしました。７０年代（ななじゅうねんだい）から製造部門（せいぞうぶもん）を台湾（たいわん）に移（うつ）し、新竹市（しんちくし）に開発研究所（かいはつけんきゅうじょ）と工場（こうじょう）を有（ゆう）しております。工場（こうじょう）の敷地面積（しきちめんせき）は、2000平方メートル（にせんへいほうめーとる）です。こちらが工場（こうじょう）の全景（ぜんけい）でございます。

是的，位於豊田市。本公司在1968年以600萬日圓的資本額設立工廠，經過持續增資之後，到去年為止已經成長至1億2千萬日圓的資本額了。70年代開始將製造部門移到台灣，目前在新竹市有我們的開發研究處和工廠。工廠的腹地面積有2000平方公尺。這是工廠的全景。

這時候你要這麼做

透過動態影像或介紹手冊來介紹。

・広々（ひろびろ）としていますね。

很大耶！

・ありがとうございます。
現在（げんざい）の従業員（じゅうぎょういん）は２５０名（にひゃくごじゅうめい）です。本年度中（ほんねんどちゅう）には、東京（とうきょう）にも営業所（えいぎょうじょ）を置（お）き、サービス面（さーびすめん）で、さらに、充実（じゅうじつ）を図（はか）る予定（よてい）でおります。

謝謝！
現在的員工數共有250位。今年我們也在東京設置營業處，希望可以提供客戶更充實、完善的服務。

売^うり込^こみは会話^{かいわ}をしながら

談話中成功銷售

 これはタブー！這麼做你就慘了！

独^{ひと}り舞台^{ぶたい}になってはいけない。客^{きゃく}があっての**売^うり込^こみ**です。

いつまでも**グズグズ**していてはいけない。話^{はなし}が乗^のってきても、用件^{ようけん}が済^すんだら、**さっと、引^ひき揚^あげよう**。

銷售時絕對不能自己出鋒頭就好！因為沒有客戶，就沒有「業績」。

絕對嚴禁拖拖拉拉的態度，即使談話進行順利，重點講完之後就要立刻離開客戶公司。

> **一分鐘學一句**
> **職場單字學習法** Track 3-4-1

❶ **売^うり込^こみ** → う り こ み → うりこみ　銷售

❷ **グズグズ** → ぐ ず ぐ ず → ぐずぐず　拖拖拉拉、猶豫

❸ **さっと** → さっ と → さっと　快速地

❹ **引^ひき揚^あげます** → ひ き あ げ ま す → ひきあげます　返回

❺ **すっかり** → すっ か り → すっかり　完全地

❻ 落ち着きます → お ち つ き ま す
→ おちつきます　冷靜、穩重

❼ 御社 → お ん しゃ → おんしゃ　貴公司

❽ おありですか → お あ り で す か
→ おありですか　有嗎？（ありますか的敬語）

❾ 大手 → お お て → おおて　大型公司

❿ 従来 → じゅ う ら い → じゅうらい　一直以來

⓫ ケース → け え す → けえす　案子

⓬ 応じます → お う じ ま す → おうじます　因應

⓭ 上乗せ → う わ の せ → うわのせ　提高

⓮ 不明 → ふ め い → ふめい　不明

⓯ 片付ける → か た づ け る → かたづける　整理

⓰ ISO（International Organization for Standardization）

国際標準化機構　國際標準認證機構

"
一分鐘學一句
分段式會話學習法　🎧 Track 3-4-2
"

❶ 御社には → どのような → 実績が → おあり → ですか
御社にはどのような実績がおありですか。

不知貴公司到目前為止有什麼樣的實際業績呢？

❷ 大手の → ヤマツウさん → にも → 採用して → いただいて → おります

大手のヤマツウさんにも採用していただいております。

目前承蒙一間大型的企業──山通公司所採用。

❸ サンキさんにも → 使って → いただいて → おります

サンキさんにも使っていただいております。

SANKI公司也在使用。

❹ ヨツビシさん → から → も → お話を → いただいて → おります

ヨツビシさんからもお話をいただいております。

四菱公司也有跟我們詢問過。

❺ 万一 → 故障した → 場合は → 修理も → 簡単に → なります

万一、故障した場合は、修理も簡単になります。

萬一故障的話，也可以簡單地做修理工作。

❻ 品質管理は → どう → されて → いますか

品質管理はどうされていますか。

品質管理方面你們是怎麼做的呢？

❼ 品質管理に → 関しましては → ＩＳＯに → おいて → 認定されて → おります

品質管理に関しましては、ＩＳＯにおいて認定されております。

至於品質管理方面，我們已獲得ISO的認定。

❽ ざっと → 説明させて → いただきましたが → 何か
→ ご不明な → 点は → ございません → でしょうか

ざっと、説明させていただきましたが、何かご不明な点
はございませんでしょうか。

我大概說明了一下，不知您有沒有什麼不明白的地方？

❾ では → そろそろ → 本日は → 貴重な → お時間を
→ いただきまして → ありがとう → ございます

では、そろそろ。本日は、貴重なお時間をいただきまし
て、ありがとうございます。

那麼，我也差不多該告辭了。今天很謝謝您撥出您寶貴的時間，非常感
謝您。

❿ 前向き → に → 検討させて → いただきます
前向きに検討させていただきます。

我們會積極地討論的。

職場會話原來如此　Track 3-4-3

小邱已經老神在在了。

市川

・御社にはどのような実績がおありですか。

不知貴公司到目前為止有什麼樣的實際業績呢？

（小邱心想：太好了！他對我們公司蠻有興趣的）

小邸

・こちらのＲＵ型のものは大手のヤマツウさんにも採用していただいております。また、このＰＩ型の方はサンキさんにも使っていただいております。

這個RU型的產品，目前承蒙一間大型的企業——山通公司所採用。而這個PI型的，則是SANKI在使用的。

市川

・ほお、そうですか。

喔～這樣子啊。

小邸

・本日、ご案内するＲＵ200はヨツビシさんからもお話をいただいております。従来のＲＵ型を改良したものです。

今天要跟您介紹的RU200的產品，四菱公司也有跟我們詢問過。是以前RU型的改良產品。

市川

・改良と申しますと？

所謂的「改良」指的是？

小邸

・設計を単純化することによって、設置時間が大幅に短縮されます。また、品質も安定します。万一のケースですが、故障した場合は、修理や交換も簡単になります。

將設計單純化之後，可大幅地縮短設定時間。而且品質也比較穩定。萬一故障的話，也可以簡單地做替換或修理的作業。

市川

・なるほど。それで、品質管理はどうされていますか。

原來如此。那麼，品質管理方面你們是怎麼做的呢？

小邱

・品質管理に関しましては、ＩＳＯにおいて認定されており、専門の管理者を置いて、とりわけ、慎重に行っております。

至於品質管理方面，我們已獲得ISO的認定，有專業的管理人，我們非常慎重地在做品質管理工作。

市川

・例えば、標準品以外のものについても応じていただけるのですか。

例如標準品以外的東西，也都有可以因應的措施嗎？

小邱

・はい、もちろんです。その場合は、多少、価格に上乗せいただくことになります。こちらが、見積もりでございます。

是的，這是當然的。如果是這樣的話，在價格上多少會高一點點。這是報價單。

市川

・拝見させていただきます。

謝謝（您讓我看）。

（自己掌握時間與狀況）

小邱

・ざっと、説明させていただきましたが、何かご不明な点はございませんでしょうか。

我大概説明了一下，不知道您有沒有什麼不明白的地方？

市川

・そうですね。ゆっくりと資料を見させていただいてもよろしいですか。

這個嘛。不知是否可以讓我慢慢地看資料呢？

小邱

・もちろんでございます。よろしくお願いいたします。では、そろそろ。本日は、貴重なお時間をいただきまして、ありがとうございます。

當然可以。請您多多指教。
那麼，我也差不多該告辭了。今天很謝謝您撥出您寶貴的時間，非常感謝您。

市川

・前向きに検討させていただきます。

我們會積極地討論的。

小邱

・よろしくお願いいたします。

請您多多指教。

這時候你要這麼做

將收到的名片放到名片夾裡並且收妥，然後整理電腦等東西。

第4章

お客さまを迎える

迎接客戶

オフィスにお客様を迎える
在辦公室迎接客戶

 これはタブー！這麼做你就慘了！

　　ジロジロ見てはいけない。自分の 客 でなくても「いらっしゃいませ」と挨拶を忘れないこと。 客 が帰るときも、「ありがとうございました」と声をかけよう。

　　絕對不可以一直盯著客戶上下打量！這樣做是很失禮的！即使前來的客人不是自己負責的客戶，也不要忘了跟對方説聲「いらっしゃいませ（歡迎光臨）」打招呼。客人回去的時候，也要記得説「ありがとうございました（謝謝您）」。

> **一分鐘學一句**
> **職場單字學習法** 🎧 Track **4-1-1**

❶ ジロジロ → じ　ろ　じ　ろ → じろじろ　　盯著看

❷ 手のひら → て　の　ひ　ら → てのひら　　手心

❸ 示します → し　め　し　ま　す
　　 → しめします　　表示、表現出

❹ 斜め前 → な　な　め　ま　え → ななめまえ　　斜前方

❺ 歩きます → あ　る　き　ま　す → あるきます　歩行
❻ 開く → ひ　ら　く → ひらく　打開
❼ 断り → こ　と　わ　り → ことわり　拒絶
❽ 招き入れます → ま　ね　き　い　れ　ま　す
　　→ まねきいれます　招呼進來
❾ 上座 → か　み　ざ → かみざ　上位
❿ 眺め → な　が　め → ながめ　視野
⓫ おもて → お　も　て → おもて　表面
⓬ 暖かい → あ　た　た　か　い → あたたかい　暖和的
⓭ 冷たい → つ　め　た　い → つめたい　冰的

> 一分鐘學一句
> **分段式會話學習法**　🎧 Track 4-1-2

❶ お待ち → して → おりました
お待ちしておりました。
讓您久等了。

❷ ご案内 → いたします
ご案内いたします。
我為您帶路。

❸ どうぞ → こちらへ
どうぞ、こちらへ。

這邊請。

❹ どうぞ → こちら → で → ございます
どうぞ、こちらでございます。

就在這裡，請進。

❺ 恐縮 → です
恐縮です。

非常謝謝您。

❻ おかけに → なって → お待ち → ください → ませ
おかけになって、お待ちくださいませ。

請您坐著稍等一下。

❼ 冷たい → お茶で → ございます → どうぞ
冷たいお茶でございます。どうぞ。

請喝冰茶。

❽ 遠い → ところを → わざわざ → お越し → ください →
まして → ありがとう → ございました
遠いところを、わざわざ、お越しくださいまして、あり
がとうございました。

感謝您這麼遠還撥空前來。

職場會話原來如此
Track 4-1-3

高橋

・ＮＣＡの高橋と申します。五十嵐所長に1時のお約束をいただいておりますが。

我是NCA的高橋。我跟五十嵐所長約好1點要碰面。

小陳

・高橋様、お待ちしておりました。ご案内いたします。どうぞ、こちらへ。

高橋先生，讓您久等了。我帶您到會客室去（我為您帶路），這邊請。

這時候你要這麼做

帶客人進去會客室的時候，請手心向上為客人指示方向。接著走在客人的斜前方。當會客室的門朝內開啟時，先跟客人說「お先に、失礼いたします。（不好意思，我先一步進去）」，等自己先進去會客室後，站在會客室內招呼客人進去。當會客室的門往外開時，將門輕輕地往外拉至靠近自己的地方，跟客人說「どうぞ、こちらでございます。（會客室在這裡，請進）」，讓客人先進去會客室。

小陳

・どうぞ、こちらでございます。

這邊請。

這時候你要這麼做

引領客人坐上座。（「上座」指的是離門最遠的座位，或者可以看到公司庭院或視野較好的地方）

高橋

・はい、恐縮です。

好的，非常謝謝您。

小陳

・おかけになって、お待ちくださいませ。五十嵐は、すぐに、参ります。

請您坐著稍等一下，五十嵐等一下就來了。

這時候你要這麼做

招待客人的茶要看天氣來選擇。寒冷季節時招待熱茶，夏天招待冰茶。不可以直接端出茶罐或保特瓶茶。第一步必須先將茶放在客人面前。

小陳

・冷たいお茶でございます。どうぞ。

這是冰茶，請用。

這時候你要這麼做

先把茶端給客人，接著再把茶放在自己公司的同事或上司的前面。

高橋

・ありがとうございます。

謝謝。

小陳

・どうぞ。（五十嵐に）

請用。（對著五十嵐說）

五十嵐

・ありがとう。

謝謝。

（跟客人談妥了）

高橋
・では、これで失礼(しつれい)いたします。

那麼就到這邊，我先告辭了。

五十嵐
・遠(とお)いところを、わざわざ、お越(こ)しくださいまし
て、ありがとうございました。今後(こんご)とも、よろし
くお願(ねが)いいたします。

感謝您這麼遠還撥空前來，今後也請您多多指教。

空港に出迎える
到機場接客人

 これはタブー！這麼做你就慘了！

空港の税関出口から到着ロビーに。出迎えの人がいない!

これは絶対タブー！飛行機は時間通りに到着しないものと思っておこう。遅れるだけではない、早く到着することもある。

　讓客人找不到你，你就慘了！絕對不可以讓客人從機場的海關出口到入境大廳完全找不到前來迎接自己的人。

　這絕對是很失禮的事情。有時候班機會提早到或延誤抵達，所以最保險的做法是提早到機場，不要讓客人找不到你！

一分鐘學一句
職場單字學習法　Track 4-2-1

❶ 空港 → く　う　こ　う → くうこう　機場
❷ 出迎える → で　む　か　え　る → でむかえる　迎接
❸ 税関 → ぜ　い　か　ん → ぜいかん　海關
❹ ロビー → ろ　び　い → ろびい　大廳

❺ 時間通り → じ か ん ど お り
　→ じかんどおり　準時的

❻ アテンド → あ て ん ど → あてんど　隨行

❼ 回します → ま わ し ま す
　→ まわします　派遣～、開（車）

❽ トランク → と ら ん く → とらんく　後車廂

❾ チェックイン → ちぇっ く い ん
　→ ちぇっくいん　住房登記

❿ 別に → べ つ に → べつに　另外有～

一分鐘學一句
分段式會話學習法　Track 4-2-2

❶ やあ → 初めまして
やあ、初めまして。
初次見面，您好。

❷ ようこそ → いらっしゃい → ました
ようこそ、いらっしゃいました。
歡迎您。

❸ お世話に → なります
お世話になります。
接下來麻煩您照顧了。

❹ お疲れに → なった → でしょう
お疲れになったでしょう。

我想您一定累了。

❺ お荷物 → お持ち → しましょう
お荷物お持ちしましょう。

我來幫您拿行李吧！

❻ 車を → 回して → きます
車を回してきます。

我去開車過來。

❼ ６時に → お迎えに → 参ります
６時にお迎えに参ります。

6點來接您。

職場會話原來如此　Track 4-2-3

今天有位從日本來的高田先生，第一次來到台灣，由小邱負責隨行接待。小邱拿著寫有「高田樣」字樣的卡片找尋高田先生的身影。

高田

・やあ、初めまして、邱さんですね。

您好，初次先面。您就是邱先生吧。

・高田さん。ようこそ、いらっしゃいました。

高田先生，歡迎您來。

・わざわざ、すみませんね。お世話になります。

還讓您專程來接我真不好意思，接下來麻煩您照顧了。

・とんでもない！高田さんには、いつもお世話に
なっております。
お疲れになったでしょう。お荷物お持ちしましょ
う。

小事一件。我才經常受高田先生您的照顧呢！
我想您一定累了，我來幫您拿行李吧！

・いやいや、大丈夫です。

不用不用，沒關係。

・こちらで、少し、お待ちいただけますか。
車を回してきます。

可以麻煩您在這裡稍等一下嗎？我去把車開過來。

這時候你要這麼做

★客人坐在副駕駛座，行李放在後車廂。
★假如另外有司機開車的話，司機後面的位置讓客人坐（最上位），副駕駛座
則變成最末位。

（到了飯店做入房登記）

小邸

・6時にお迎えに参りますので、少し、お休みに
なってください。
6點時我會來接您，請您稍作休息。

 高田

・何から何まで、すみませんね。
謝謝您這麼周到。

 小邸

・では、6時に。失礼いたします。
那麼我們6點見，先告辭了。

UNIT **3**

車の中の世間話
車內與客人聊天
<small>くるま　なか　　せけんばなし</small>

これはタブー！這麼做你就慘了！

無言でいるのはタブー。初対面でも、共通の話題を探そう。
<small>むごん　　　　　　　　た ぶ ー　　しょたいめん　　　　　きょうつう　わ だい　さが</small>

　　不發一語，不跟客人聊天的話，你就慘了！即使和客人是第一次見面也必須找出共通的話題。

一分鐘學一句
職場單字學習法　🎧 **Track 4-3-1**

❶ 世間話 → せ　け　ん　ば　な　し → せけんばなし　閒聊
<small>せ けんばなし</small>

❷ 無言 → む　ご　ん → むごん　沉默
<small>む ごん</small>

❸ 初対面 → し ょ　た　い　め　ん
<small>しょたいめん</small>
　　→ しょたいめん　第一次見面

❹ 探します → さ　が　し　ま　す → さがします　尋找
<small>さが</small>

❺ 越えます → こ　え　ま　す → こえます　超越
<small>こ</small>

❻ 冷えます → ひ　え　ま　す → ひえます　冰冷、冷
<small>ひ</small>

❼ コート → こ　お　と → こおと　大衣
<small>こ ー と</small>

⑧ 用意します → よ う い し ま す
　　→ よういします　準備

⑨ 張り切ってます → は り きって て ま す
　　→ はりきってます　充滿幹勁、精神飽滿

⑩ ささやかな → さ さ や か な
　　→ ささやかな　細小的、規模小的

❶ 今 → 東京は → いかが → ですか
今、東京はいかがですか。
現在東京的天氣怎麼樣呢？

❷ ところで → 高田さんは → 中華料理は → お好き → ですか
ところで、高田さんは中華料理はお好きですか。
對了，高田先生您喜歡吃中國菜嗎？

❸ ささやか → では → ございますが → 高田さんの
　　→ 歓迎会を → ご用意 → して → おります
ささやかではございますが、高田さんの歓迎会をご用意
しております。
雖然規模稍微小了一點，但我們為高田先生準備了歡迎會。

❹ 張り → 切って → ます
張り切ってます。
精神飽滿。

❺ 日本語が → お上手 → ですね
日本語がお上手ですね。
您的日文很好。

❻ 毎日 → しごかれて → おります
毎日、しごかれております。
每天都嚴格地在做訓練。

❼ 毎日が → 本当に → 勉強 → です
毎日が、本当に勉強です。
每天都在學習。

❽ だから → なるほどさんは → 気持ちが → いいん → ですね
だから、なるほどさんは気持ちがいいんですね。
難怪原來如此公司讓人感覺很舒服。

職場會話原來如此　　Track 4-3-3

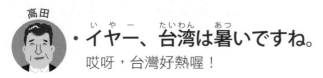

高田
・イヤー、台湾は暑いですね。
哎呀，台灣好熱喔！

小邱

- ええ、今日は３０度を越えたそうです。今、東京はいかがですか。

是啊，今天好像超過30度。現在東京的天氣怎麼樣呢？

高田

- 今朝は、結構、冷えました。コートが欲しいくらいでした。

今天早上滿冷的，差不多要穿大衣。

小邱

- そうですか。ところで、高田さんは中華料理はお好きですか。

這樣子啊！對了，高田先生您喜歡吃中國菜嗎？

高田

- ええ、好きですよ。

喜歡啊！

小邱

- よかった。ささやかではございますが、高田さんの歓迎会をご用意しております。

太好了，雖然規模稍微小了一點，但我們為高田先生準備了歡迎會。

高田

- いやあ、うれしいですね。陳さんや高さんもいらっしゃるんですか。

哎呀，真開心。陳小姐和高小姐也都會來嗎？

小邱

- もちろんです。二人とも、張り切ってますよ。

當然，兩個人都精神飽滿地在等候您呢！

158

高田

・なるほどさんのところはみなさん、日本語<ruby>日本語<rt>にほんご</rt></ruby>がお上<ruby>上手<rt>じょうず</rt></ruby>手ですね。

原來如此公司裡面的每個人日文都很棒耶！

小邱

・ありがとうございます。毎日<ruby>毎日<rt>まいにち</rt></ruby>、しごかれております。

謝謝，我們每天都嚴格地在做訓練。

高田

・あははは、五十嵐<ruby>五十嵐<rt>いがらし</rt></ruby>さんは厳<ruby>厳<rt>きび</rt></ruby>しいですか。

啊哈哈哈哈，五十嵐先生很嚴格嗎？

小邱

・マナー<ruby>マナー<rt>まなー</rt></ruby>にはとても厳<ruby>厳<rt>きび</rt></ruby>しいです。お客<ruby>客<rt>きゃく</rt></ruby>さまに失礼<ruby>失礼<rt>しつれい</rt></ruby>がないように、といつも言<ruby>言<rt>い</rt></ruby>われています。毎日<ruby>毎日<rt>まいにち</rt></ruby>が、本当<ruby>本当<rt>ほんとう</rt></ruby>に勉強<ruby>勉強<rt>べんきょう</rt></ruby>です。

在禮貌方面很嚴格，他常叮嚀我們不可以對客人做出失禮的事情，因此每天都在學習。

高田

・なるほど。だから、なるほどさんは気持<ruby>気持<rt>きも</rt></ruby>ちがいいんですね。

原來如此，難怪原來如此公司讓人感覺很舒服。

小邱

・ありがとうございます。

謝謝您。

歓迎会で
在歓迎會上

 これはタブー！這麼做你就慘了！

歓迎会ではリラックスすることが大切。言葉遣いも堅苦しいのは避ける。
だからといって、ため口はタブー。

歓迎會上還板著一張臉的話，你就慘啦！在歡迎會上最重要的就是「放鬆自己」。同時也要注意不要説一些過於拘謹、嚴肅的話。但雖然輕鬆，也不可以口出輕浮之語喔！

> **一分鐘學一句**
> **職場單字學習法** 🎧 Track 4-4-1

❶ 歓迎会 → か ん げ い か い
→ かんげいかい　　歡迎會

❷ 言葉遣い → こ と ば づ か い
→ ことばづかい　　用字遣詞

❸ 堅苦しい → か た く る し い
→ かたくるしい　　拘謹、嚴肅的

❹ ため口 → だ め ぐ ち → だめぐち　　輕浮之語

❺ 何なりと → な ん な り と → なんなりと　無論如何

❻ 相変わらず → あ い か わ ら ず
　→ あいかわらず　沒有改變

❼ 申しつけます → も う し つ け ま す
　→ もうしつけます　吩咐

❽ ちょうど → ちょ う ど → ちょうど　剛好

❾ すれ違い → す れ ち が い → すれちがい　錯過

❿ 心遣い → こ こ ろ づ か い → こころづかい　用心

一分鐘學一句
分段式會話學習法　Track 4-4-2

❶ お久し → ぶり → です
お久しぶりです。
好久不見。

❷ お出迎えも → しないで → 申し訳 → ございません
お出迎えもしないで申し訳ございません。
很抱歉沒有去迎接您。

❸ 相変わらず → お若い → ですねえ
相変わらず、お若いですねえ。
您依然是老樣子，一樣年輕耶！

161

❹お元気 → そうで → 何より → です

お元気そうで何よりです。

看您過得很好比什麼都開心。

❺やっと → お目に → かかれました

やっとお目にかかれました。

終於見到您了。

❻お会い → できて → うれしい → です

お会いできてうれしいです。

很高興能見到您。

❼何なりと → お申し付け → ください

何なりとお申し付けください。

有什麼事請儘管吩咐。

❽お心遣い → 恐縮 → です

お心遣い恐縮です。

非常感謝您這麼用心。

小邱帶高田先生參加公司的歡迎會。

（レストラン）（在餐廳）

・高田さん、お久しぶりです。お出迎えもしないで申し訳ございません。
高田先生，好久不見。未能去接您真是不好意思。

・とんでもない。邱さんに、すっかりお世話になりました。
不會啦！邱先生很照顧我。

・高田さんは、相変わらず、お若いですねえ。
高田先生依然很年輕耶！

・蕭さん、お元気そうで何よりです。
蕭先生，看您過得很好比什麼都開心。

・高田さん、こちらが陳です。
高田先生，這一位是小陳。

・はじめまして。
初次見面。

高田

- 陳さん、いつも、お電話ではお話していますね。やっと、お目にかかれました。

陳小姐，常常在電話中跟您通話。今天終於見到您本人了。

小陳

- お会いできてうれしいです。

很高興能見到您。

小邱

- こちらが高です。

這位是小高。

這時候你要這麼做

介紹自己公司的人時，不管職位多高都不用在姓名後面加上「～さん」的尊稱。

小高

- はじめまして、高です。

初次見面，我姓高。

高田

- いや～、高さん、これからも、お世話になります。ところで、長谷川さんはいらっしゃらないんですか?

啊～高小姐，今後也要麻煩您多多照顧了。
對了，長谷川先生不來嗎？

五十嵐

- 長谷川は本社のほうへ行っておりまして、ちょうど、高田さんとすれ違いになりました。

長谷川去總公司了，剛好跟高田先生錯身而過。

・それは残念ですね。
真是可惜啊！

・こちらの邱が高田さんのアテンドをいたします。
何なりとお申し付けください。
這位小邱負責接待高田先生您，有什麼事請儘管吩咐。

・お心遣い、恐縮です。
非常感謝您這麼用心。

165

第5章

交渉
與客戶交渉

納期は慎重に
のうき　しんちょう

嚴守交貨期

 これはタブー！這麼做你就慘了！

　注文が欲しいあまりに、客の希望する納期に無理に応じてはいけない。譲れないことがある場合は、よ〜く説明しよう。これも信用を得るためです。

　為了拿到訂單就隨便答應客人不可能辦得到的交貨日期，這麼做你就慘啦！假如真的交不出來的話，請好好地跟客人説明。為了獲得客人的信任，一定要嚴格遵守交貨期。

> 一分鐘學一句
> ## 職場單字學習法　Track 5-1-1

❶ 納期（のうき）→ の　う　き → のうき　交貨日期

❷ 注文（ちゅうもん）→ ちゅ　う　も　ん → ちゅうもん　訂單

❸ オファー → お　ふぁ　あ → おふぁあ　訂單

❹ 一息（ひといき）→ ひ　と　い　き → ひといき　一鼓作氣、再加一把勁

❺ タイプ（たいぷ）→ た　い　ぷ → たいぷ　類型

❻ 仕様（しよう）→ し　よ　う → しよう　規格

❼ 申し上げます → も う し あ げ ます
→ もうしあげます　告訴（言う的敬語）

❽ 調達 → ちょ う た つ → ちょうたつ　調度

❾ 対応 → た い お う → たいおう　對應、因應

❿ 在庫 → ざ い こ → ざいこ　庫存

⓫ 常時 → じょ う じ → じょうじ　時常

⓬ 新たな → あ ら た な → あらたな　新的

一分鐘學一句
分段式會話學習法　Track 5-1-2

❶ 早速 → ですが
早速ですが。
快速進入主題。

❷ 納期は → どの → くらい → 見て → おけば → よろしいん
→ でしょか
納期はどのくらい見ておけばよろしいんでしょか？
交貨期大概抓什麼時候比較好呢？

❸ 標準品で → ご注文 → いただいて → から → 最大
→ 2ヶ月 → ほど → です
標準品で、ご注文いただいてから、最大2ヶ月ほどです。
如果你下的訂單是標準規格品的話，最多需要2個月的時間。

❹ ４ヶ月 → 見て → いただいて → おります

４ヶ月見ていただいております。

我預計大概要4個月。

❺ なんとも → 申し上げられません

なんとも、申し上げられません。

無法告訴您。

❻ よほど → 特別な → もの → でない → 限り → たいてい → の → ものには → 対応 → できます

よほど、特別なものでない限り、たいていのものには対応できます。

只要不是非常特別的商品，我們大概都可以為您處理。

❼ ご理解 → いただきたい → と存じます

ご理解いただきたいと存じます。

希望您可以諒解。

職場會話原來如此　Track 5-1-3

前幾天小邱去拜訪市川的公司，市川向小邱詢問訂單（オファー）的相關事項。就差一步了！小邱！

・早速ですが、納期はどのくらい見ておけばよろしいんでしょうか？

我們趕快進入正題吧！交貨期大概抓什麼時候比較好呢？

・ご注文量やタイプによって納期は違ってまいります。

交貨日期會依照您的訂購量及商品類型而有所不同。

・最小注文数で標準品ですと、どのくらいですか？

如果是小量的訂貨，而且是標準規格品的話，大概要花多少時間呢？

・ＲＵの標準品で、ご注文いただいてから、最大２ヶ月ほどです。ＲＵ200型ですと、４ヶ月見ていただいております。

如果是RU標準規格品的話，自您下訂單之後，最多需要2個月的時間。如果是RU200型的話，大概需要4個月的時間。

・特別仕様をお願いした場合はどうですか？

如果是特別規格的話呢？

・それは、お客様のご企画を教えていただかないと、なんとも、申し上げられません。部材調達や、生産にかかる時間は、お客様のご企画から判断させていただいております。

特別規格的話，沒有看過客人的企劃案，我沒有辦法告知您。機器的調度以及生產所需時間，必須從客人的企劃案來做判斷。

市川

- それはそうですね。

你説的也對。

小邱

- しかしながら、よほど、特別^{とくべつ}なものでない限り、最大^{さいだい}で、6ヶ月^{ろっかげつ}あれば、たいていのものには対応^{たいおう}できます。

可是，只要不是非常特別的商品，我們大概都可以為您處理。最多6個月的時間就可以交貨了。

市川

- なるほど。

原來如此。

小邱

- 弊社^{へいしゃ}では、納期^{のうき}についても万全を期^{ばんぜんき}しておりますので、ご理解^{りかい}いただきたいと存^{ぞん}じます。

我們公司這麼做是希望可以抓準交貨時間，希望您可以諒解。

市川

- 分^わかりました。で、在庫^{ざいこ}はされているんですか。

我知道了。那麼現在有庫存貨嗎？

小邱

- 常時^{じょうじ}、在庫^{ざいこ}はございますが、新^{あら}たなご注文^{ちゅうもん}に応^{おう}じきれるほどではございません。

一般來説我們都會有庫存，但是可能無法全部拿來處理新的訂單。

価格は最大の関心事
かかく さいだい かんしんじ

價格是客人最關心的重點

これはタブー！這麼做你就慘了！

　注文をとるために、**勝手に**、価格を**変えて**はいけない！いかに、**適正な**
ちゅうもん　　　　　　かって　　　　　　かかく か　　　　　　　　　　　　　てきせい
価格であるかを説明しよう。
かかく　　　　　　せつめい

　為了接訂單就亂改價格，這麼做你就慘啦！絕對不可以為了搶訂單就亂
改價格，無論如何都必須向客人做説明，説明所訂的價格為合理價格。

一分鐘學一句
職場單字學習法　Track 5-2-1

❶ **関心事** → か　ん　し　ん　じ → かんしんじ　　關心的事情
かんしんじ

❷ **勝手** → かっ　て → かって　　任意地
かって

❸ **変えます** → か　え　ま　す → かえます　　改變
か

❹ **いかに** → い　か　に → いかに　　如何地～

❺ **適正な** → て　き　せ　い　な
てきせい
　→ てきせいな　　適切的、適當的、合理的

❻ **値引きします** → ね　び　き　し　ま　す
ねび
　→ ねびきします　　降價

❼ 物流方法 → ぶ つ りゅ う ほ う ほ う
→ ぶつりゅうほうほう　物流方式

❽ コントロール → こ ん と ろ お る
→ こんとろおる　控制

❾ かかる → か か る → かかる　花費（時間和金錢）

❿ 抑えます → お さ え ま す
→ おさえます　壓低（價格）

一分鐘學一句
分段式會話學習法　Track 5-2-2

❶ ご注文の → 総数量に → 応じまして → 価格の
→ ほうも → 勉強させて → いただきます
ご注文の総数量に応じまして、価格のほうも勉強させて
いただきます。
根據您訂購的總數不同，價格方面請讓我再斟酌一下。

❷ 時期に → よって → 多少 → お安く → なります
時期によって、多少、お安くなります。
因為時間的不同，價格多少會便宜一點。

❸ 量産して → おります → ので → 価格を → 低くする
→ ことが → 出来ます
量産しておりますので、価格を低くすることが出来ます。
因為已經在量産了，所以價格方面可以降低一點。

❹ こちらを → ご覧 → いただけますか

こちらをご覧いただけますか。

您可以看一下這裡嗎？

❺ こちらに → かかる → 費用は → わたくしども → で
→ コントロール → できない → もの → でございます

こちらにかかる費用は、わたくしどもで、コントロール
できないものでございます。

這裡所必須花費的費用，對我們來說是一筆無法控制的花費。

❻ 当然 → 価格は → 抑える → ことが → 出来ます

当然、価格は抑えることが出来ます。

當然可以把價格壓低。

❼ ある → ことは → あるん → ですが

あることはあるんですが。

有是有啦。

職場會話原來如此　Track 5-2-3

市川　・価格のほうは、この間、いただいた見積もりの通
りですか。

價格方面，跟之前所收到的估價單是一樣的嗎？

小邱

・はい。しかしながら、ご注文の総数量に応じまして、価格のほうも勉強させていただきます。また、ご注文いただいた時期によって、多少、値引きすることができます。

是的。不過根據您訂購的總數不同，價格方面請讓我再斟酌一下。而且有時候根據您所訂購的時間不同，還可以再降價。

市川

・と、申しますと?

您的意思是？

小邱

・例えば、今ですと、ＲＵのご注文が集中しております。量産しておりますので、価格を低くすることが出来ます。

比方説像現在這個時間，剛好集中在生產RU。因為已經量產了，所以價格可以降低一點。

市川

・なるほど。

原來如此。

・こちらをご覧いただけますか。
物流方法でございますが、こちらにかかる費用は、
私どもで、コントロールできないものでございます。御社のほうで物流をお持ちでしたら、当然、
価格は抑えることが出来ます。物流は?

您可以看一下這裡嗎？
還有一種是物流省錢法。像這裡所必需的花費，是一筆連我們也都無法控制的費用。假如貴公司自己有運輸系統在運送的話，當然可以壓低價格。不知貴公司的運輸系統是？

小邱

市川

・あることはあるんですが、量が多くなります
と…。

有是有啦！但如果量太多的話就……。

・ええっと、標準品で最少量で見積もりますと、
ＦＯＢ基隆の価格はこちらです。工場は福岡でございますね。ＣＩＦ福岡の価格は…。

這個嘛～如果以最少量的標準規格品來估價的話，FOB基隆的價格是這樣子。您的工廠在福岡，所以CIF福岡的價格是……。

（註：請參照「職場祕笈七　不可不知的基礎貿易用語」　P 285）

這時候你要這麼做

立刻告訴客人正確的金額。

支払い条件は確実な方法で
選擇有保障的支付條件

 これはタブー！這麼做你就慘了！

「友達のご紹介ですから、後払いで結構ですよ」これは絶対タブー！初めての取引の場合、たとえ、得意先の紹介でも、前払い、もしくは、ＬＣで。

絕對不可以因為是朋友介紹的案子就讓客人貨到後才付款，不然你就慘了！第一次交易的客戶，即使是透過客戶介紹的，也必須請對方先付款或者用LC（信用狀）付款。

> **一分鐘學一句**
> ## 職場單字學習法　Track 5-3-1

❶ **確実な** → か　く　じ　つ　な → かくじつな　確實的

❷ **後払い** → あ　と　ば　ら　い → あとばらい　後付

❸ **取引** → と　り　ひ　き → とりひき　交易

❹ **前払い** → ま　え　ば　ら　い → まえばらい　事先支付

❺ **もしくは** → も　し　く　は → もしくは　或者

❻ **ドル** → ど　る → どる　美金

❼ 口座番号 → こ　う　ざ　ば　ん　ご　う
　　→ こうざばんごう　　帳戶號碼

❽ 別途 → べっ　と → べっと　　另外

❾ 支店 → し　て　ん → してん　　分店

❿ L C (Letter of Credit)　　信用狀（由銀行開出保證一定會付款的證明文件）

一分鐘學一句
分段式會話學習法　　Track 5-3-2

❶ 支払い → 条件を → うかがい → ましょう
　支払い条件をうかがいましょう。
請教貴公司的支付條件。

❷ 私 → どもの → 方針 → といたしまして
　私 どもの方針といたしまして。
以我們的合作方針來説～

❸ ご注文の → 金額に応じて → 送金か → LCで
　→ お願いして → おりますが → いかが → でしょうか
　ご注文の金額に応じて、送金かLCでお願いしておりま
　すが、いかがでしょうか。
依您所訂購的金額來説，要麻煩您用匯款或LC（信用狀）的方式付款，
可以嗎？

❹サンプルの → 場合は → 小額 → です → ので → 送金で
→ お願い → いたします
サンプルの場合は、小額ですので、送金でお願いいたし
ます。

因為樣品的金額比較小，所以麻煩您用匯款的方式。

❺御社の → 取引銀行は → どちらですか
御社の取引銀行はどちらですか。

貴公司的往來銀行是哪一間呢？

❻住所や → 口座番号は → 別途 → お知らせ → いたします
住所や、口座番号は、別途、お知らせいたします。

地址和帳號我們會再另外通知您。

職場會話原來如此　Track 5-3-3

市川

・支払い条件をうかがいましょう。
　請教貴公司的支付條件。

小邱

・私どもの方針といたしまして、最初のお取引の
場合は、ご注文の金額に応じて、送金かＬＣでお
願いしておりますが、いかがでしょうか。

以我們的合作方針來説，您所訂購的金額，要麻煩您用匯款或LC
（信用狀）的方式付款，可以嗎？

市川

・ええ、結構です。

好的，可以。

小邱

・サンプルの場合は、小額ですので、送金でお願いいたします。オーダーは10000ドルからお願いしておりますので、お支払いは、ＬＣでお願いいたします。

因為樣品的金額比較小，所以麻煩您用匯款的方式。訂單以10000美金為單位，支付方式麻煩您使用LC（信用狀）。

市川

・御社の取引銀行はどちらですか。

貴公司的往來銀行是哪一間呢？

小邱

・バナナ銀行ですが、住所や、口座番号は、別途、お知らせいたします。御社はどちらの銀行をお使いですか。

BANANA銀行，地址和帳號我們會再另外通知您。貴公司是和哪一間銀行往來呢？

市川

・当社はアップル銀行とパパイヤ銀行ですが…。

本公司的銀行是APPLE銀行和PAPAYA銀行……。

小邱

・ああ、それでは、パパイヤ銀行でお願いできますか。パパイヤ銀行でしたら、支店が事務所の近くにありますので。

啊～可以麻煩您使用PAPAYA銀行嗎？因為PAPAYA銀行的分行就在我們事務所附近。

注文をいただく！
接訂單！

 これはタブー！這麼做你就慘了！

　注文をもらった嬉しさで、準備した数字を、**決して**、変えてはいけない。

　契約内容は相手と**読み合わせて**確認しよう。

　　接到訂單是非常開心的。可是，絕對不可以因為過於開心就隨便更改合約上的數字喔！

　　請在簽約前仔細地與對方確認合約內容吧！

> 一分鐘學一句
> ## 職場單字學習法　Track 5-4-1

❶ いただく → い　た　だ　く
　→ いただく　接到、收到（もらう的謙讓語）

❷ もらいます → も　ら　い　ま　す
　→ もらいます　接到、收到

❸ 決して → けっ　し　て → けっして　絕對不～（後接否定）

❹読み合わせます → よ み あ わ せ ま す
→ よみあわせます　　核對

❺出荷 → しゅっ か → しゅっか　　出貨

❻足労 → そ く ろ う → そくろう　　勞駕

❼売り出す → う り だ す → うりだす　　賣出

❽年明けて → と し あ け て → としあけて　　明年之後的

❾精一杯 → せ い いっ ぱ い
→ せいいっぱい　　非常努力、拼命地

❿致し方ない → い た し か た な い
→ いたしかたない　　沒有辦法

⓫てきぱき → て き ぱ き → てきぱき　　俐落地

⓬手際 → て ぎ わ → てぎわ　　手法、技巧

⓭べし → べ し → べし　　應該〜（意思同べき）

一分鐘學一句
分段式會話學習法　　Track 5-4-2

❶ご足労 → いただいて → 申し訳 → ありません
ご足労いただいて、申し訳ありません。

勞駕您來這裡，實在是很對不起。

註：「申し訳ございません」和「申し訳ありません」是相同的禮貌用語，但使用時還是有點不一樣。前者意思可翻為「對不起」，傾向於道歉時用；後者意思較接近「不好意思」。

❷ ご注文 → いただきまして → ありがとう → ございます
ご注文いただきまして、ありがとうございます。

非常謝謝您的訂購。

❸ こちらを → ご確認 → いただけます → でしょうか
こちらをご確認いただけますでしょうか。

是否可以麻煩您確認這個產品呢？

❹ 出荷を → もう少し → 早く → 出来ませんか
出荷を、もう少し、早く出来ませんか。

可以再早一點出貨嗎？

❺ ここが → 精一杯の → ところ → です
ここが、精一杯のところです。

這裡我們已經盡最大的力量了。

❻ ご理解 → いただけません → でしょうか
ご理解いただけませんでしょうか。

希望您可以諒解我們。

❼ 見積もらせて → いただいた → 価格 → より → わずか → ばかり → お安く → することが → できました
見積もらせていただいた価格より、わずかばかり、お安くすることができました。

現在的價格比原先我們幫您估的價格還要便宜一點。

期待已久的訂單！！小邱出門去洽談生意的背影實在是太迷人啦～～！

市川

・ご足労いただいて、申し訳ありません。
勞駕您來這裡，實在是很對不起。

小邱

・いえいえ。ご注文いただきまして、ありがとうございます。
不，不，非常感謝您的訂購。

市川

・お電話でお話しましたように、来期に売り出す予定の機種には、御社のＲＵ200を使わせていただくことにいたしました。
電話裡跟您提到的，下一期我們將開始販售的機種，確定要使用貴公司的RU200。

小邱

・ありがとうございます。それでは、こちらをご確認いただけますでしょうか。ＲＵ200の標準品。ＣＩＦ福岡。ご納期は、受注後、四ヶ月でございますから、年明けて、三月上旬。
謝謝您。麻煩您再確認一下您的訂單產品為RU200。CIF福岡交貨期為收到您訂單後的四個月。大概是明年之後的3月上旬左右。

市川

・出荷を、もう少し、早く出来ませんか。

可以再早一點出貨嗎？

小邱

・市川様からお話をいただきましてから、すぐに、生産にかかる準備はしておりますが、ここが、精一杯のところです。ご理解いただけませんでしょうか。

收到市川先生的指示之後，我會立刻請公司開始準備生產。時間上我們已經盡最大的努力了，希望您可以諒解我們。

市川

・ま、致し方ないですね。

好吧！好像也只能這樣了。

小邱

・よろしくお願いいたします。それで、価格のほうですが、ただいま、量産時期でございますので、見積もらせていただいた価格より、わずかばかり、お安くすることができました。こちらの金額でございます。

還請您多多指教。接著是關於價格方面，因為現在正值量產時期，所以價格會比原先我們幫您估的還要便宜一點。現在的金額在這裡。

市川

・それはうれしいですねえ。

真是令人開心的消息啊。

小邱

・お取引銀行のパパイヤ銀行で、ＬＣの開設を、至急、お願いいたします。以上で、間違いはございませんか。

要麻煩您盡快在您所往來的PAPAYA銀行開設LC（信用狀）。以上有沒有任何錯誤的地方呢？

市川

・ええ、結構です。それでは、明日、正式に注文書をお送りいたしましょう。

這樣就OK了。那麼，明天我就會正式把訂單送過去給您。

小邱

・かしこまりました。お待ちしております。ご注文ありがとうございます。

好的，我知道了，等候您的訂單。非常感謝您的訂單。

第6章

クレーム&トラブル
トラブル
客戶抱怨&麻煩事

えっ！荷物が届かない？
什麼！貨品沒送到？

 これはタブー！這麼做你就慘了！

　　わからない時でも、受けた**クレーム**を人に回すのは**タブー**！必要な情報を聞いて、**一旦**、電話を切り、**クレーム**の原因を正確に**調べ**、**対処の仕方**を決めて、**速やかに**処理しよう。

　　如果接到自己不清楚的客戶抱怨，絕對不可以當場貿然地把客戶抱怨的電話轉給別人！一定要耐心聽完相關資訊。掛上電話之後，查出客戶抱怨的詳細原因，以便找出最適合的處理方法。一定要在短時間內快速處理！

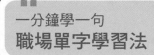 一分鐘學一句
職場單字學習法 Track 6-1-1

❶ 届きます → と ど き ま す → とどきます　送達
❷ クレーム → く れ え む → くれえむ　抱怨、怨言
❸ 直ちに → た だ ち に → ただちに　立刻
❹ 一旦 → いっ た ん → いったん　一旦
❺ 調べます → し ら べ ま す → しらべます　調査

❻ 対処 → た　い　しょ → たいしょ　　處理

❼ 仕方 → し　か　た → しかた　　方法

❽ 速やか → す　み　や　か → すみやか　　快速

❾ 怒ります → お　こ　り　ま　す → おこります　　生氣

❿ 生産ライン → せ　い　さ　ん　ら　い　ん
→ せいさんらいん　　生產線

一分鐘學一句
分段式會話學習法　Track 6-1-2

❶ あの → ですね

あのですね。

（提話題前）嗯～

❷ 今月の → 20日に → 受け取る → 予定の → 品が → まだ
→ 届いて → いないん → です

今月の20日に受け取る予定の品が、まだ、届いていない
んです。

原本預計這個月20日會收到的貨品到現在還沒有收到。

❸ どう → なって → いるん → ですか

どうなっているんですか。

現在情形如何呢？

❹ 恐れ → 入りますが → 注文番号 → と → 入荷予定日を → いただけますか

恐れ入りますが、注文番号と入荷予定日をいただけますか。

不好意思，您可以給我訂單編號和預計進貨日嗎？

❺ 直ちに → お調べ → いたします → ので → 一度 → お切りに → なって → お待ち → いただけますか

直ちに、お調べいたしますので、一度、お切りになって、お待ちいただけますか。

我立刻為您查詢，可以麻煩您先掛上電話，等候我的回音嗎？

❻ わかり → 次第 → お電話 → いたします

わかり次第、お電話いたします。

有消息立刻回電話給您。

❼ ご担当 → の

ご担当の…。

（對著負責人問）您的大名是……？

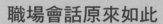

職場會話原來如此　Track 6-1-3

學習和工作都很努力的小邱，在公司也很積極地在接每一通電話。

 小邱

・はい、なるほど株式会社…。

你好，這裡是……。

 柴山

・なるほどさんですか。中部精密の柴山です。

是原來如此公司嗎？我是中部精密的柴山。

 小邱

・柴山様、いつも、お世話になっております。

柴山先生您好，受您照顧了。

 柴山

・あのですね、今月の20日に受け取る予定の品が、
まだ、届いていないんですよ。

嗯～原本預計這個月20日會收到的貨品到現在還沒有收到。

 小邱

・えっ！今日は２３日ですよね。

什麼！今天是23日對吧！

 柴山

・そうですよ。どうなっているんですか。

是啊，現在情形如何呢？

 小邱

・あ…、あの…、少々、お待ちいただけますか。

啊……嗯～這個嘛，您可以稍等一下嗎？

193

（長谷川先生！！糟了，他不在。怎麼辦？）

小邱

・陳さん、陳さん、クレームです！陳さん、荷物が
届かないって、怒っています！

陳小姐，陳小姐，是客訴電話！陳小姐，對方説貨品還沒有
到，他很生氣！

小陳

・どこから？

誰打來的？

小邱

・中部精密。陳さん、困ったな。お願いします。

中部精密！陳小姐，我不知道該怎麼辦。麻煩你了。

小陳

・えぇ！ちょっとぉ。

什麼！等一下，喂！

小陳

・お待たせして申し訳ありません。わたくし、
陳と申します。荷物が届かない、ということでご
ざいますか?

不好意思讓您久等了，我姓陳。您剛剛提到説貨品還沒有送到
是嗎？

柴山

・そうです。20日に入荷するはずだったんですよ。
今日は、もう、２３日ですよねえ。週明けから
生産ラインに乗せる予定なんですけど。

是的，原本預計應該要20日進貨的，可是今天已經23日了。我
們預計下週要用在生產線上。

194

小陳

・申し訳ありません。恐れ入りますが、注文番号
と入荷予定日をいただけますか。

實在很對不起。不好意思，您可以給我訂單編號和預計進貨日
嗎？

柴山

・注文番号はM—１２１２です。入荷予定日は
２月20日です。

訂單編號是M-1212。預計進貨日是2月20日。

小陳

・注文番号はM—１２１２。入荷予定日は2月20
日。直ちに、お調べいたしますので、一度、お
切りになって、お待ちいただけますか。わかり
次第、お電話いたします。
ご担当の…。

訂單編號為M-1212，預計進貨日是2月20日，我立刻為您查
詢。可以麻煩您先掛上電話，等候我的回音嗎？我將立刻為您
查詢。
您的大名是……？

柴山

・柴山です。

我是柴山。

小陳

・柴山様、申し訳ありません。すぐに、ご連絡いた
します。失礼します。

柴山先生，實在很不好意思，我等一會兒立刻與您聯絡，再
見。

陳さん、邱さんをにらんで、（陳小姐瞪著小邱）

小陳

- ちょっとぉ、邱さん、受けた電話は、最後まで、でしょう!

  喂！小邱！自己接的電話就應該要負責到底，對吧？！

小邱

- すみません。クレームは初めてなもので…。

  不好意思。因為我第一次接到客訴電話，所以……。

小陳

- こういうクレームにはね、注文番号、入荷予定日を聞いて、一旦、電話を切るの。そして、すぐに調べて、報告と、対処の仕方を伝える。

  像這種客訴電話啊，應該要詢問對方的訂單編號、進貨預定日之後，先掛上電話。接著立刻幫客戶做查詢，再跟客戶報告處理的方式。

小邱

- じゃ、すぐにやります。

  那我馬上去做。

小陳

- 今回は、わたしがやるわよ。結構、クレームってくるわよぉ。

  這次我來處理就好了。不過，這種客訴電話常有喔！

小邱

- はあ。

  什麼！

UNIT
2

不良品が出た！
出現不良品！

 これはタブー！這麼做你就慘了！

　不良品のクレームには、**謝る**だけではいけない。**きちんと** 状 況 を知り、原因を**追 究** しよう。**不良品**の報告を受けた場合は、 必 ず、結果報告もすること。

　當客戶指出貨品內有不良品時，絕對不是光道歉就能了事的！一定要詳細地了解狀況、追蹤其原因。處理完不良品之後，也一定要向客戶做結果報告。

> 一分鐘學一句
> ## 職場單字學習法　🎧 Track 6-2-1

❶ **不良品**→ ふ　りょ　う　ひ　ん →ふりょうひん　不良品

❷ **謝る**→ あ　や　ま　る →あやまる　道歉

❸ **きちんと** → き　ち　ん　と →きちんと　詳細地、好好地

❹ **追究します**→ つ　い　きゅ　う　し　ま　す
　　→ついきゅうします　追蹤調查

❺ 大事 → だ　い　じ → だいじ　事態嚴重

❻ 至ります → い　た　り　ま　す → いたります　到~地步

❼ 重ね重ね → か　さ　ね　が　さ　ね
　 → かさねがさね　再次~

❽ しっかり → しっ　か　り → しっかり　好好地、正確地

❾ 手数 → て　す　う → てすう　麻煩

❿ 着払い → ちゃ　く　ば　ら　い → ちゃくばらい　貨到付款

⓫ 迷惑 → め　い　わ　く → めいわく　麻煩、困擾

⓬ 不具合 → ふ　ぐ　あ　い → ふぐあい　狀況不好

一分鐘學一句
分段式會話學習法　Track 6-2-2

❶ 今回 → 発注した → ＲＵに → １３個ほどの
　 → 不良品が → あったん → ですよ
今回、発注したＲＵに１３個ほどの不良品があったんですよ。

這次我們所下的RU訂單，約有13個左右的不良品。

❷ 大事には → 至りません → でしたが → 今後の → ことも
　 → あります → から
大事には至りませんでしたが、今後のこともありますから。

雖然事態沒有很嚴重，但希望以後不要發生相同的事情。

❸ 製造番号を → 教えて → いただけますか

製造番号を教えていただけますか。

可以告訴我製造編號嗎？

❹ 重ね重ね → 申し訳ない → の → ですが

重ね重ね、申し訳ないのですが。

再次跟您表達抱歉之意。

❺ それは → 構いませんよ

それは、構いませんよ。

沒關係。

❻ お手数を → おかけ → いたしますが → 着払いで
→ お送り → ください

お手数をおかけいたしますが、着払いで、お送りください。

不好意思，麻煩您用貨到付款的方式寄給我們。

❼ こんな → ことが → ない → ように → ひとつ
→ 頼みますよ

こんなことがないように、ひとつ、頼みますよ。

希望以後不要再有這種事情發生了。

❽ ご迷惑を → おかけ → いたします

ご迷惑をおかけいたします。

造成您的麻煩了！

本田

- 山崎工業の本田です。

我是山崎工業的本田。

小邱

- ああ、本田様、お世話になっております。

啊～本田先生，平常受您照顧了。

本田

- 実はね、今回、発注したＲＵに１３個ほどの不良品があったんですよ。

其實是要跟你說，這次我們所下的RU訂單，約有13個左右的不良品。

小邱

- 不良品ですか！申し訳ありません。

不良品啊！真是對不起。

本田

- まあ、数が少なかったので、大事には至りませんでしたが、今後のこともありますから。

雖然數量沒有很多，事態沒有很嚴重，但希望以後不要發生相同的事情。

小邱

- 本当に、申し訳ありません。それでは、製造番号を教えていただけますか。

真的很抱歉。那麼，可以請您告訴我製造編號嗎？

本田

・Ｓ０４—２３２３。

Ｓ０４-２３２３。

小邱

・ありがとうございます。重ね重ね、申し訳ないのですが、不良品をこちらへ送っていただけないでしょうか。

謝謝您。再次向您表達歉意，您可以把不良品寄給我們嗎？

本田

・それは、構いませんよ。しっかり、調べておいてもらったほうが、安心できますからね。

好的。不過要麻煩您幫我們詳細調查一下，我們才能安心。

小邱

・恐れ入ります。お手数をおかけいたしますが、着払いで、お送りください。不良品分の１３個は、すぐに、お送りいたします。

不好意思，麻煩您用貨到付款的方式寄給我們。至於13個不良品的缺品我們將立刻為您寄過去。

本田

・わかりました。こんなことがないように、ひとつ、頼みますよ。

我知道了。希望以後不要再有這種事情發生了。

小邱

・かしこまりました。ご迷惑をおかけいたします。では、失礼いたします。

我知道了！造成您的麻煩了，真是不好意思。再見。

小陳

・不良品？

不良品？

小邱

・そうです。ＲＵが１３個だそうです。

是的。聽説是13個RU。

小陳

・それで、どんな不具合なの?

那麼是哪裡出問題呢？

小邱

・あっ！聞き忘れた。

啊！我忘記問了！

小陳

・あれ、まあ。不良品がどういった状況なのかを聞かなきゃ。

蝦米？你一定要問不良品是哪裡出了問題。

小邱

・陳さん、どうしよう。

陳小姐，怎麼辦？

小陳

・１３個かあ。仕方ないわね。現物が来るのを待ちましょう。それ、研究所のほうへ報告しておいてくださいね。

13個啊～那也沒辦法了。現在只好等實品回來看才知道了！要記得把不良品向研發室報告喔！

UNIT
3

違_{ちが}う商品_{しょうひん}が届_{とど}いた!
貨品送錯了！

これはタブー！這麼做你就慘了！

　誤送_{ごそう}に対_{たい}しては、通常_{つうじょう}の輸送方法_{ゆそうほうほう}に縛_{しば}られてはいけない。先方_{せんぽう}の希望_{きぼう}を最優先_{さいゆうせん}。客_{きゃく}の利益_{りえき}を損_{そこ}なうことになったら、それこそ大変_{たいへん}だ。

　　萬一貨品送錯的話，絕對不能依然採用平常交貨的運送方式。一定要以對方的希望為優先。因為，如果為了自己方便而造成客戶利益損失的話，那就糟了！

> 一分鐘學一句
> **職場單字學習法**　🎧 Track 6-3-1

❶ 誤送_{ごそう} → ご　そ　う → ごそう　　送錯

❷ 通常_{つうじょう} → つ　う　じょ　う → つうじょう　　一般、通常

❸ 縛_{しば}ります → し　ば　り　ま　す
　　→ しばります　　束縛、限於～

❹ 損_{そこ}ないます → そ　こ　な　い　ま　す
　　→ そこないます　　受損

❺ ミス → み　す → みす　　錯誤

⑥止めます → と　め　ま　す → とめます　停止～

⑦手配 → て　は　い → てはい　處理

⑧週明け → しゅ　う　あ　け → しゅうあけ　下週一開始

⑨お互い → お　た　が　い → おたがい　互相、彼此

⑩小社 → しょ　う　しゃ → しょうしゃ　敝社

⑪至急 → し　きゅ　う → しきゅう　緊急

⑫返送 → へ　ん　そ　う → へんそう　寄回

一分鐘學一句
分段式會話學習法　Track 6-3-2

❶荷物を → 受け取ったん → ですがね → 注文した
　→ もの → と → 違うん → ですよ
荷物を受け取ったんですがね、注文したものと違うんですよ。
我們收到貨品了，可是和我們訂購的東西不一樣。

❷発送 → ミスで → ご注文された → もの → とは → 別の
　→ ものを → 送って → しまった → ようです
発送ミスで、ご注文されたものとは別のものを送ってしまったようです。
因為發送錯誤，所以我們好像寄出了不同於您所訂購的貨品。

❸ 直ちに → ご注文の → 品を → 発送 → いたします
直ちに、ご注文の品を発送いたします。
我們將立即發送您所訂購的貨品。

❹ 最優先で → お送り → いたします → ので
最優先でお送りいたしますので。
我們會第一優先為您寄出。

❺ お互い → 信用で → やって → いるん → です → から
お互い、信用でやっているんですから。
彼此都是建立在互信原則上往來的。

❻ 今後は → このような → ことが → ない → ように
→ 十二分に → 注意 → いたします
今後は、このようなことがないように、十二分に注意い
たします。
今後會十分注意，不會再發生這樣的事情。

❼ お送りして → しまった → 商品は → 小社 → 負担で
→ ご返送 → いただきたい → のですが
お送りしてしまった商品は小社負担で、ご返送いただき
たいのですが。
送錯的貨品將由本公司負擔運費，可以麻煩您幫我們寄回來嗎？

山崎

- ああ、邱さん。

  啊～邱先生。

小邱

- 山崎様、いつも、お世話になっております。

  山崎先生，謝謝您的照顧。

山崎

- あの、今日、荷物を受け取ったんですがね、注文したものと違うんですよ。

  我們收到貨品了，可是和我們訂購的東西不一樣。

小邱

- はっ？

  什麼？

山崎

- うちが注文したのは、ＲＵなんですが、ＲＵ200が来てしまったんですよ。

  我們公司所訂的是RU，可是來的是RU200。

小邱

- あぁ、申し訳ありません。まことに、恐れ入りますが、御社の注文番号を教えていただけますか。

  啊～真的很對不起。真的很抱歉，可以麻煩您告訴我貴公司的訂購編號嗎？

山崎

- 注文番号はですね、Ｍ―０４５３です。

  訂購編號啊～是M-0453。

206

小邱

・えぇ、M—０４５５では、ございませんか。

什麼？！不是M-0455嗎？

山崎

・いいえ、０４５３です。入荷予定日は３月３日です。

不，是0453。預計交貨日為3月3日。

小邱

・申し訳ありません。発送ミスで、ご注文されたものとは別のものを送ってしまったようです。

不好意思，因為發送錯誤，所以我們好像寄出了不同於您所訂購的貨品。

山崎

・困りましたねえ。うちでも、ラインを止めるわけにはいかないんですよ。

真是頭痛耶～。因為我們公司的生產線不能停啊！

小邱

・申し訳ありません。直ちに、ご注文の品を発送いたします。

真是不好意思，我立即發送您所訂購的貨品。

山崎

・納品は、いつになりますか。

什麼時候交貨呢？

小邱

・最優先でお送りいたしますので、明日には出荷いたします。

我們會第一優先處理您的商品，明天就為您出貨。

山崎

・明日の出荷で、いつの船で手配できますか。

明天出貨是安排什麼時候的船運呢？

小邱

・ちょうど、週明けの船に乗せることができますので、横浜港には１３日に到着します。

剛好可以趕上下星期一的船，預計到達橫濱港為13日。

山崎

・１３日ですか。まあ、何とか、間に合いますね。

13日啊。還好還來得及。

小邱

・ご迷惑をおかけします。

給您添麻煩了。

山崎

・気をつけてもらわないと、お互い、信用でやっているんですから。

可能今後要請您多費心了，因為我們彼此都是建立在互信原則上往來的。

小邱

・はい。今後は、このようなことがないように、十二分に注意いたします。それで、お送りしてしまった商品は小社負担で、ご返送いただきたいのですが。

是的，今後我們會十分注意，不會再發生這樣的事情。那麼，送錯的貨品將由本公司負擔運費，可以麻煩您幫我們寄回來嗎？

山崎

・ええ、そうします。至急、お願いしますよ。

好的，那就麻煩您緊急處理了。

小邱

・かしこまりました。ご迷惑をおかけして、申し訳ございません。

好的，我知道了。造成您的麻煩，真的很對不起。

小邱

・陳さん、今の私の対応で、よかったんでしょうか。

陳小姐，剛才我處理的可以嗎？

小陳

・ええ、合格ですよ。邱さんは叱られるのが上手ね。

嗯，你及格了。邱先生你很擅長被罵喔！

小邱

・はあ？どういう意味ですか!

啊？什麼意思？

小陳

・いいえ、別に。

沒有，沒有，沒事。

数が足りない！
貨品數量不足！

これはタブー！這麼做你就慘了！

　どんな得意先でも、クレーム時は、「本当ですかぁ？」などと言ってはいけない！こちらのミスは、どんな**不利益**があるとしても、**迅速**な対応を。

　不管多麼熟的客戶，當他們提出抱怨的時候，絕對不可以跟客戶回答「本当ですかぁ？」（「真的嗎？」）！如果是自己公司所發生的錯誤，就算會損失一點也必須快速地處理客人問題！

一分鐘學一句
職場單字學習法 Track 6-4-1

❶ 足ります → た　り　ま　す → たります　　足夠

❷ 不利益 → ふ　り　え　き → ふりえき　　沒有利潤

❸ 迅速 → じ　ん　そ　く → じんそく　　快速

❹ 伝票 → で　ん　ぴょ　う → でんぴょう　　傳票

❺ 日付 → ひ　づ　け → ひづけ　　日期

❻ 際に → さ　い　に → さいに　　〜的時候

❼ 不足分 → ふ　そ　く　ぶ　ん → ふそくぶん　　不足的部分

❽ 手続き → て　つ　づ　き → てつづき　　手續

❾ 冗談 → じょ　う　だ　ん → じょうだん　　開玩笑

❿ きつい → き　つ　い → きつい　　很趕、緊湊

一分鐘學一句
分段式會話學習法　　Track 6-4-2

❶ 伝票の → 数は → あって → いるん → ですが → 届いた
→ 数が → 違って → いるん → です

伝票の数は、あっているんですが、届いた数が違っているんです。

傳票的數目是對的，但來的數量是不對的。

❷ 出荷の → 際に → 間違いが → あった → よう → です

出荷の際に間違いがあったようです。

似乎在出貨的時候弄錯了。

❸ その → つもりで → おります → 不足分は → すぐに
→ 発送 → いたします

そのつもりでおります。不足分は、すぐに、発送いたします。

跟我們所計劃的一樣。不足的部分我會立刻為您寄出。

❹ 冗談 → きつい → なあ
冗談きついなあ～。
這玩笑真不好笑～。

職場會話原來如此
Track 6-4-3

今天小邱接到了高田先生的來電。

高田

・今日、受け取ったＲＵ２００なんですが。
今天我們收到了RU200，可是……。

小邱

・ええ、何か？
怎麼了？

高田

・ちょうど、３００個足りないんです。
剛好不夠300個。

小邱

・えっ！３００もですか？
什麼！竟然少了300個。

高田

・伝票の数は、注文書とあっているんですが、
届いた数が違っているんですよ。
傳票上的數量和訂單上一樣，可是送達的數量卻不一樣。

小邱

・ああ、申し訳ありません。注文番号を教えていただけますか。

啊～實在很抱歉。你可以告訴我訂單編號嗎？

高田

・ＳＵ―４３２です。伝票の日付は６月１９日です。

SU-432。傳票的日期是6月19日。

小邱

・はい、ありがとうございます。このまま、少し、お待ちいただけますか。

好的，謝謝。你可以稍等一下嗎？

小邱

・お待たせいたしました。出荷の際に間違いがあったようです。申し訳ありません。
不足分は、すぐに、発送いたします。

不好意思，讓您久等了。似乎在出貨的時候弄錯了，實在很抱歉。
我們會立刻為您送不足的部分。

高田

・そうしてください。それで、いつ、こちらに届きますか。

麻煩你了。那麼，貨物什麼時候可以到達我們這裡呢？

小邱

・すぐに、発送の手続きをいたしますので、
明後日には出荷いたします。

我馬上為您準備發送的手續，明後天為您出貨。

高田

・わかりました。そのつもりでおります。

謝謝！跟我原先預想的一樣。

小邱

・ご迷惑をおかけいたします。

給您添麻煩了。

 小陳

・わあ～。300も不足ですか。

哇～竟然不足300個！

 小陳

・蕭さんに報告しておいてくださいね。冗談きついなあ～。

先跟蕭先生報告一下吧！這玩笑可不好笑喔！

入金の確認が取れません。
沒有收到對方貨款

 これはタブー！這麼做你就慘了！

「**入金**されていません」と**高飛車**に出てはいけない。相手の**メンツ**を**失わない**ように、**言い方**には**細心**の**注意**を。

「你們沒有匯款」、「我們沒有收到你的貨款」──這麼直接了當又強勢地跟客戶要貨款你就慘了！沒有收到對方貨款的時候，要注意自己的用詞，不要讓對方沒面子。

> **一分鐘學一句**
> **職場單字學習法**　Track 6-5-1

❶ **入金** → にゅ　う　き　ん → にゅうきん　　匯款

❷ **高飛車** → た　か　び　しゃ → たかびしゃ　　直接了當

❸ **メンツ** → め　ん　つ → めんつ　　面子

❹ **失います** → う　し　な　い　ま　す
→ うしないます　　丟掉、失去

❺ **言い方** → い　い　か　た → いいかた　　說法

❻ 細心 → さ い し ん → さいしん　細心

❼ 聞きます → き き ま す → ききます　問

❽ 不都合 → ふ つ ご う → ふつごう　（時間上）不方便

❾ 末日 → ま つ じ つ → まつじつ　末日

❿ おかしい → お か し い → おかしい　奇怪的

⓫ ずいぶん → ず い ぶ ん → ずいぶん　非常

一分鐘學一句
分段式會話學習法　Track 6-5-2

❶ 前回の → 出荷分の → お支払いの → こと → なの
→ ですが
前回の出荷分のお支払いのことなのですが。
關於上次出貨的貨款一事。

❷ 入金の → 確認が → 取れない → のです
入金の確認が取れないのです。
還沒有確認到您的這筆款項。

❸ 実は → こちらの → ほうで → 手続きの → ミスが
→ あった → よう → です
実は、こちらのほうで、手続きのミスがあったようです。
其實，我們這邊在請款的手續上出了一點差錯。

❹すでに → 手続<ruby>き<rt>て つづ</rt></ruby>を → 済<ruby>ま<rt>す</rt></ruby>せて → おります

すでに、手続<ruby>き<rt>て つづ</rt></ruby>を済<ruby>ま<rt>す</rt></ruby>せております。

手續已經全部完成了。

❺お手続<ruby><rt>て つづ</rt></ruby>を → おかけしますが → 今<ruby><rt>いま</rt></ruby> → 一度<ruby><rt>いち ど</rt></ruby> → ご確認<ruby><rt>かく にん</rt></ruby>して → いただけますか

お手続<ruby><rt>て つづ</rt></ruby>をおかけしますが、今一度<ruby><rt>いま いち ど</rt></ruby>、ご確認<ruby><rt>かく にん</rt></ruby>していただけますか。

不好意思，可否再麻煩您確認一次。

❻お忙<ruby>し<rt>いそが</rt></ruby>い → ところを → お時間<ruby><rt>じ かん</rt></ruby> → 取<ruby>ら<rt>と</rt></ruby>せて → しまいました

お忙<ruby>し<rt>いそが</rt></ruby>いところを、お時間取<ruby><rt>じ かん と</rt></ruby>らせてしまいました。

百忙之中耽誤您了，真的很不好意思。

❼そんな → もの → ですか

そんなものですか。

這樣子啊！

❽確<ruby>た<rt>たし</rt></ruby>かに

確<ruby>た<rt>たし</rt></ruby>かに。

的確。

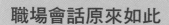 職場會話原來如此
Track 6-5-3

小邱在問長谷川要怎麼樣跟客戶說沒收到匯款的事情。

 長谷川

• 恐れ入りますが、経理の山本様をお願いいたします。

不好意思，麻煩請找會計山本先生。

 山本

• （お電話代わりました。）山本です。いつも、
お世話になっております。

（電話換人接聽了）您好，我是山本。謝謝您平常的照顧。

 長谷川

• こちらこそ、お世話になっています。
実は、前回の出荷分のお支払いの件なのですが。

我也經常受您照顧。
其實是要跟您說關於上次出貨的貨款一事。

 山本

• 何か不都合でもありましたか?

有什麼樣的問題嗎？

 長谷川

• はい。先月末に、お支払いいただくことになって
おりますが、入金の確認がまだ取れないのです。

是的，到上個月的月底為止，貴公司需要支付的貨款，我們還沒
有確認到您的這筆款項。

山本

・ええと、出荷日が4月１６日ですから…、おかしいですね。３１日には支払いの手続きをしたはずですが。申し訳ございませんが、折り返しでよろしいですか。

嗯～出貨日是4月16日，嗯～好奇怪喔！31日應該就已經做請款動作了。不好意思，我等一下回您電話好嗎？

長谷川

・はい。お待ちしております。

好的，我會等候您的電話。

幾分鐘後

山本

・申し訳ありません。実は、こちらのほうで、手続きのミスがあったようです。

不好意思，其實是我們這邊在請款上的手續出了一點差錯。

長谷川

・ああ、そうでしたか。

喔～這樣子啊。

山本

・すでに、手続きを済ませております。お手数をおかけしますが、今一度、ご確認していただけますか。

不好意思，請款的手續已經完成了。可否麻煩您再確認一次。

長谷川

・わかりました。お忙しいところを、お時間取らせてしまいました。

好的。不好意思，百忙之中耽誤您了。

山本

- いえいえ、こちらこそ、ご迷惑をおかけしました。

不會不會，是我們造成了您們很大的困擾。

長谷川

- また、よろしくお願いいたします。

今後也請多多指教。

小邱

- ずいぶん、簡単に済んでしまうんですね。

好像很簡單就辦到了！

長谷川

- だいたいは、手続きの遅れが原因ですから。相手には、はっきりと伝えたほうがいいんですよ。

大概都是因為請款手續延遲，才會造成匯款沒有即時匯入。所以只要即時跟對方説就可以了。

小邱

- そんなものですか。

這樣子啊！

長谷川

- そんなもんですよ。だって、ミスをちくちく言われるといやでしょう?

是的。因為如果我們一一挑毛病的話，對方一定會感到很討厭吧！

小邱

- ああ、確かに。

嗯～的確。

UNIT
6

入金の遅れはこれで3回目ですが。

對方已經第三次遲付貨款

 これはタブー！這麼做你就慘了！

　入金が遅れていても、支払いがある以上は、相手は客。「出荷を止めます」はタブー！取引条件を見直したり、何とかしようという気持ちを示そう。

　就算對方延遲支付貨款，只要對方還要付貨款給自己，對方就還是自己的客人。如果因為對方延遲付貨款就「停止出貨」的話，你就慘了！你可以做的是重新檢視交易條件，向對方表達你想解決事情的心情。

> 一分鐘學一句
> **職場單字學習法**　🎧 Track 6-6-1

❶ **3回目**→さ　ん　か　い　め
　　→さんかいめ　　第三次

❷ **見直します**→み　な　お　し　ま　す
　　→みなおします　　重新檢視

❸ **苦手**→に　が　て→にがて　　不擅長

❹ビジネスライク → び じ ね す ら い く
→ びじねすらいく　　談生意的模樣

❺ぴったり → ぴっ　た　り → ぴったり　　恰恰好、剛好適合

❻優しい → や　さ　し　い → やさしい　　溫柔、體貼

❼切り替え → き　り　か　え → きりかえ　　替換

❽〜にくい → に　く　い → にくい　　不容易〜、難的

❾資材 → し　ざ　い → しざい　　材料

❿面倒 → め　ん　ど　う → めんどう　　麻煩

⓫開設 → か　い　せ　つ → かいせつ　　開設（信用狀）

一分鐘學一句
分段式會話學習法　　Track 6-6-2

❶支払い → 条件の → 変更を → 伝えて → ください
支払い条件の変更を伝えてください。
請你跟他說我們要變更貨款支付條件。

❷今日は → その → ことで → お電話 → いたしました
今日は、そのことで、お電話いたしました。
今天是為了這件事打電話給您。

❸申し上げ → にくい → のですが → 今回で → 入金の
→ 遅れが → 3回 → ほどに → なりました

申し上げにくいのですが、今回で、入金の遅れが、3回
ほどになりました。

有點不好意思開口跟您説，但這次您的貨款已經是第三次延遲支付了。

❹ 支払い → 条件を → 変えて → いただきたい → のですが
支払い条件を、変えていただきたいのですが。

所以我們想請您變更付款條件。

❺ 弊社にも → 資材や → 物流への → 支払いが → ございます
弊社にも、資材や物流への支払いがございます。

因為我們公司也要負擔原料以及物流的成本。

❻ その辺を → ご理解 → いただきたい → のです
その辺を、ご理解いただきたいのです。

這一點還請您多多見諒。

職場會話原來如此 Track 6-6-3

長谷川要小邱去向客戶說明變更貨款支付條件。

長谷川
・トーキは、これで、入金の遅れは3度目ですね。
多奇這次已經是第三次延遲付款了，對吧？

小邱
・はい。今回は一週間も遅れています。
是的，這次還延遲了一星期。

長谷川

・じゃあね、支払い条件の変更を伝えてください。

那麼，請你跟他説我們要變更貨款支付條件。

小邱

・はい…。

好的……。

小邱

・陳さん、トーキの支払い条件を変えるように言われたんですが。

陳小姐，長谷川學長叫我去跟對方説我們要變更貨款支付條件。

小陳

・あら、そう。

是喔！

小邱

・どう言ったらいいんですか。こういうの苦手なんですよ。

我要怎麼開口説呢？我最不擅長處理這種事情了。

小陳

・ビジネスライクに言えばいいのよ。こういう時は、邱さんがぴったりよ。

你就用你平常説話的方式就可以了。這時候小邱最適合了。

小邱

・それ、どういう意味ですか。

什麼意思呢？

小陳

・邱さんの日本語は優しく聞こえるのよ。
うふふふ…。

因為小邱你的日文聽起來很溫柔體貼啊。喔呵呵呵……。

轉換心情之後，小邱打了電話。

小邱

・あ、森本様でいらっしゃいますか。

啊，請問您是森本先生嗎？

森本

・すみません。今回も入金が遅れてしまいました。

不好意思，這次我們又延遲付款了。

小邱

・ええ、今日は、その件で、お電話いたしました。

是的，今天就是為了這件事打電話給您的。

森本

・はい。

是。

小邱

・あのう、申し上げにくいのですが、今回で、
入金の遅れが、3回ほどになりました。それで、
支払い条件を、変えていただきたいのですが。

有點不好意思開口跟您說，但這次您的貨款已經是第三次延遲支
付了。所以我們想請您變更付款條件。

森本

・はい…。

是的……。

小邱

・次回の出荷から、ＬＣに、お支払いを変更してい
ただきたいのです。

從下次的出貨開始，我們想要請您改為以LC（信用狀）付款。

森本

・そうですか…。

這樣子啊……。

小邱
- 弊社にも、資材や物流への支払いがございます。その辺を、ご理解いただきたいのです。

因為我們公司也要負擔原料及物流的成本，所以這一點還請您多多見諒。

森本
- わかりました。何度もご迷惑をおかけしておりますので、次回からはＬＣでお支払いいたします。

我知道了。每次都造成您的困擾，從下一次開始我們就用LC來付款。

小邱
- ありがとうございます。ご面倒ですが、ＬＣ開設をお願いします。

謝謝，那就麻煩您開LC給我們。

森本
- わかりました。手続きが済みましたら、ご連絡いたします。

好的。等手續辦好之後，我會與您聯絡。

小邱
- はい、よろしく、お願いいたします。

好的，請多多指教。

小邱
- ふう～。

呼～。

小陳
- お疲れ様。ほら、言った通りでしょう？邱さん向け。

辛苦啦！你看，我講得沒錯吧？很適合小邱你啊！

UNIT 7

まずい！納期が遅れる！

糟了！交貨日期來不及了！

 これはタブー！這麼做你就慘了！

納期の遅れには**値引き**も**覚悟**で。しかし、先方の**言い値**での約束はタブー！

納期日は重要です。**くれぐれ**も、無理をしないように。

　如果交貨延遲的話，就要有心理準備給客戶一點折扣。可是，如果任對方予取予求就不行了！

　交貨日期非常重要。請量力而為，不要過於勉強。

> **一分鐘學一句**
> **職場單字學習法** Track 6-7-1

❶ まずい → ま ず い → まずい　糟糕了

❷ 値引き → ね び き → ねびき　折扣

❸ 覚悟 → か く ご → かくご　心理準備

❹ 言い値 → い い ね → いいね　對方提出的價格

❺ くれぐれ → く れ ぐ れ → くれぐれ　多注意地

❻遂に → つ　い　に → ついに　不知不覺的

❼追いつきません → お　い　つ　き　ま　せ　ん
　→ おいつきません　趕不上

❽上回ります → う　わ　ま　わ　り　ま　す
　→ うわまわります　超過

❾体制 → た　い　せ　い → たいせい　體制

❿とりあえず → と　り　あ　え　ず → とりあえず　總之先～

一分鐘學一句
分段式會話學習法　Track 6-7-2

❶今日は → お詫び → をする → ために → お電話
　→ いたしました
　今日は、お詫びをするために、お電話いたしました。
　今天打電話來是為了跟您道歉的。

❷五日 → ほど → 遅らせて → いただけない → でしょうか
　五日ほど、遅らせていただけないでしょうか。
　可以讓我們晚五天左右交貨嗎？

❸弊社の → 予想を → 上回る → ほどの → ご注文を
　→ いただいて → おりまして
　弊社の予想を上回るほどのご注文をいただいておりまして。
　因為我們這次接的訂單量超過本公司預期的訂購量。

❹ 生産が → 追いつかない → 状態なの → です

生産が、追いつかない状態なのです。

目前生產線的產量趕不上交貨日。

❺ ２４時間 → 体制で → 生産して → いる → の → ですが

２４時間体制で、生産しているのですが…。

但我們已經採取24小時生產體制了……。

❻ まず → ご注文量の → 三分の一を → 当初の → 予定通りに
→ 出荷し → 残りを → 五日 → 遅らせて
→ いただけませんか

まず、ご注文量の三分の一を、当初の予定通りに出荷し、
残りを五日遅らせていただけませんか。

可以先讓我們將您訂購的三分之一量，依照當初訂下的日期準時出貨，
剩下的部分讓我們延遲五天嗎？

❼ 五日 → 遅れる → 分は → 勉強して → いただけます
→ よね

五日遅れる分は勉強していただけますよね。

延遲五天的部分你會給我們折扣，對吧！

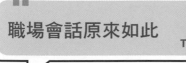

原來如此股份有限公司的RU200非常暢銷，但這一天生產的量趕不上客戶的訂單量了。

小邱

・武田様、いつも、お世話になっております。

武田先生，您好。經常受您照顧了。

武田

・いえ、こちらこそ。

別這麼説，我也是。

小邱

・あの、今日は、お詫びをするために、お電話いたしました。

嗯～今天打電話來是為了跟您道歉的。

武田

・はあ？

什麼？

小邱

・ＲＵ２００の納期の件なのですが。

是關於RU200的交貨期。

武田

・うちの納期は、１５日ですよね。

我們的交貨期是15日，對吧！

小邱

・はい、それでなんですが、五日ほど、遅らせていただけないでしょうか。

是的，原本是這麼預定的。但是，您可以讓我們延遲五天交貨嗎？

武田

・えっ、五日ですか。

什麼？！五天嗎？

小邱

・実は、ＲＵ２００は、弊社の予想を上回るほどのご注文をいただいておりまして、生産が、追いつかない状態なのです。

其實RU200的訂單量超過本公司預期的訂購量。目前生產線的產量趕不上交貨日。

武田

・いやあ、五日は困りますよ。

可是，五天會造成我們的困擾。

小邱

・申し訳ございません。２４時間体制で、生産しているのですが…。

不好意思，但我們已經採取24小時生產體制了……。

武田

・うちでも、量産時期に入っているんですよ。何とかなりませんか。

我們這邊也已經進入量產時期了。您可不可以再想個方法？

小邱

・では、まず、ご注文量の三分の一を、当初の予定通りに出荷し、残りを五日遅らせていただけませんか。

那麼，可以先讓我們將您訂購的三分之一量，依照當初訂下的日期準時出貨，剩下的部分讓我們延遲五天嗎？

武田

・分納ですか。

分批交貨嗎？

小邱

・はい。

是的。

武田

・１５日には、とりあえず、三分の一は届くのですね。

所以，總之15日時會先送來三分之一對吧！

小邱

・はい。お願いいたします。

是的，敬請多多指教。

武田

・いいでしょう。ま、今回は、それで結構です。

好吧！算了，這次就這麼辦吧！

小邱

・ありがとうございます。

非常謝謝你。

武田

・五日遅れる分は勉強していただけますよね。

延遲五天的部分你會給我們折扣，對吧！

小邱

・かしこまりました。それにつきましては、再度、
ご連絡させていただきます。

是的。關於這個部分，我會再跟您聯絡。

武田

・宜_{よろ}しく、頼_{たの}みます。

那再麻煩您了。

 小邱

・ご迷惑_{めいわく}をおかけいたします。

給您添麻煩了。

第7章

値段の交渉

關於價格的交涉

値引き交渉は有利に運べ
給客戶漂亮的折扣

 これはタブー！這麼做你就慘了！

できてもできなくても、値引きの交渉には**即答**してはいけない。値引きができる時には、客が最大に喜ぶような**パフォーマンス**をしよう。

不管自己辦不辦得到，就一口答應客戶的要求，你就慘了！任何關於折扣的交涉都不可以立刻給客戶答案。可以下折扣給客戶時，記得要做得漂亮一點，讓客戶覺得很開心！

一分鐘學一句
職場單字學習法 Track 7-1-1

❶ **有利** → ゆ う り → ゆうり　　有利

❷ **運びます** → は こ び ま す → はこびます　　運用、搬運

❸ **できても** → で き て も → できても　　即使可以

❹ **即答し** → そ く と う し → そくとうし　　立刻回答

❺ **パフォーマンス** → ぱ ふぉ お ま ん す
　　→ ぱふぉおまんす　　表演、績效

❻ **激化します**→げ　き　か　し　ま　す
→げきかします　呈現激烈化

❼ **勝負**→しょ　う　ぶ→しょうぶ　勝負

❽ **スペック**→す　ぺっ　く→すぺっく　規格

❾ **コストパフォーマンス**→こ　す　と　ぱ　ふぉ　お
ま　ん　す→こすとぱふぉおまんす　給的價格

❿ **いっそ**→いっ　そ→いっそ　乾脆

一分鐘學一句
分段式會話學習法　Track 7-1-2

❶ **本日は** → **お願いが** → **ありまして** → **こうして** → **参りました**
本日は、お願いがありまして、こうして、参りました。
今天因為有事相求所以來這裡找您。

❷ **どう** → **いった** → **こと** → **でしょうか**
どういったことでしょうか。
是什麼事情呢？

❸ **もう** → **ご存知か** → **とは** → **思いますが** → **私 どもの**
→ **業界** → **でも** → **競争が** → **激化して** → **おります**
もう、ご存知かとは思いますが、私 どもの業界でも
競争が激化しております。
我想您應該也知道，我們業界競爭愈來愈激烈了。

❹ 品質と → 価格で → 勝負と → いった → ところ → なの → ですが

品質と価格で勝負といったところなのですが…。

現在正處於以品質和價格來決一勝負的時候……。

❺ 現在の → 価格を → 見直して → いただけないか → と思いまして

現在の価格を見直していただけないか、と思いまして。

所以我想説您們是否可以再重新考慮目前的價格。

❻ 実は → ですね → 他の → ところ → からの → 見積もりを → いただいて → おりまして

実はですね、他のところからの見積もりをいただいております。

其實我們也有其他公司提供的報價。

❼ コストパフォーマンスが → いい → もの → でして

コストパフォーマンスがいいものでして。

他們給的價格非常漂亮。

❽ 何とか → して → いただけない → ものか → と → こうして → やって → 来た → わけです

何とかしていただけないものかと、こうしてやって来たわけです。

所以我才想説來拜訪您，看是不是有什麼好的解決方法。

❾ もう → 一度 → 見直して → いただきます

もう一度、見直していただきます。

希望您可以再重新檢視一下。

❿ 来週 → まで → お時間 → いただけます → でしょうか
来週(らいしゅう)まで、お時間(じかん)いただけますでしょうか。

到下星期為止，您可以給我點時間嗎？

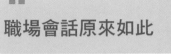

職場會話原來如此　Track 7-1-3

和佐藤先生的公司已經有5年的實際往來經驗。佐藤先生在來到公司之前先打了電話給小邱，小邱已經事先與所長討論，已經大概知道可以給客戶多少的折扣。

佐藤

・本日(ほんじつ)は、お願(ねが)いがありまして、こうして、参(まい)りました。

今天因為有事相求所以來這裡找您。

小邱

・どういったことでしょうか。

是什麼事情呢？

佐藤

・もう、ご存知(ぞんじ)かとは思(おも)いますが、私(わたくし)どもの業界(ぎょうかい)にも、新規参入(しんきさんにゅう)のメーカーが増(ふ)えまして、競争(きょうそう)が激化(げきか)しております。私(わたくし)どものような中小企業(ちゅうしょうきぎょう)は、品質(ひんしつ)と価格(かかく)で勝負(しょうぶ)といったところなのですが。

我想您應該也知道，我們業界競爭愈來愈激烈了。有愈來愈多的新製造商加入，競爭愈來愈激烈了。對於像我們這樣的中小企業來説，目前就是以品質和價格在市場上決一勝負的時候。

小邱

• それは弊社も同様です。

關於這一點，敝公司也是一樣的處境。

佐藤

• ええ、それでなんですが、現在の価格を見直していただけないか、と思いまして。

是啊，所以我才想說是否可以請您們重新檢視一下現在的價格。

小邱

• つまり、価格を下げるということですか。

您指的是降低價格嗎？

佐藤

• ええ、そうなんです。

是的，沒錯。

小邱

• ん…。

嗯……。

佐藤

• 実はですね、他のところからも見積もりをいただいておりまして。スペックはＲＵと同じなのですが、コストパフォーマンスがいいものでして、社内では、いっそ代えてはどうか、という意見も出ているのです。

其實啊，我們也有其它公司提供的報價。規格和RU是一樣的，他們給的價格非常漂亮，所以我們公司內部在討論，是不是可以以新零件來代替原有的RU。

小邱

• そうですか。

這樣子啊！

240

佐藤

・私 としましては、なるほどさんとは長い付き合い
ですし、商品にも信頼をおいてますので、何とか
していただけないものかと、こうしてやって来た
わけです。

站在我的立場來說，我們和原來如此公司有很長的合作時間了，
對於貴公司的產品也有一定的信任，所以才想說來找您，看是不
是有什麼解決的方法。

小邱

・よく、わかりました。アイチー工業さんには、
大変お世話になっておりますので、もう一度、
見直しをさせていただきます。来週まで、お時間
いただけますでしょうか。

好的，我了解了。我們長久以來也一直受您們AICHI工業的照
顧，請讓我們再重新檢視一下價格。到下星期為止，您可以給我
一點時間嗎？

値上げをお願いしなけれ ばなりません

跟客戶說明價格調漲

 これはタブー！這麼做你就慘了！

　　手紙一通、電話一本での**値上げ**のお願いはタブー！**得意先**を**訪問**し、きちんと**値上げ**の**根拠**を**説明**し、**理解**してもらおう。

　　只靠一封信或一通電話就要調漲價格！這麼做你就慘了！欲調漲價格時請先拜訪客戶，詳細說明價格調漲的原委，並且取得客戶的了解才行喔！

一分鐘學一句
職場單字學習法　Track 7-2-1

❶ **手紙** → て　が　み → てがみ　信

❷ **一通** → いっ　つ　う → いっつう　一封（信）

❸ **一本** → いっ　ぽ　ん → いっぽん　一通（電話）

❹ **根拠** → こ　ん　きょ → こんきょ　根據

❺ **伺います** → う　か　が　い　ま　す
　　→ うかがいます　拜訪

❻ **上昇** → じょ　う　しょ　う → じょうしょう　上升

❼ ざるを<ruby>得<rt>え</rt></ruby>ない → ざ る を え な い
→ ざるをえない　不得已

❽ <ruby>了承<rt>りょうしょう</rt></ruby>します → りょ う しょ う し ま す
→ りょうしょうします　諒解

❾ ベース → べ ー え す → べえす　基準

❿ <ruby>値上<rt>ね あ</rt></ruby>げ → ね あ げ → ねあげ　漲價

一分鐘學一句
分段式會話學習法　Track 7-2-2

❶ <ruby>本日<rt>ほんじつ</rt></ruby>は → <ruby>お願<rt>ねが</rt></ruby>いが → ありまして → <ruby>お伺<rt>うかが</rt></ruby>い
→ いたしました
<ruby>本日<rt>ほんじつ</rt></ruby>は、<ruby>お願<rt>ねが</rt></ruby>いがありまして、<ruby>お伺<rt>うかが</rt></ruby>いいたしました。
今天前來拜訪您是有事要請求您的。

❷ まことに → <ruby>申<rt>もう</rt></ruby>し<ruby>上<rt>あ</rt></ruby>げ → にくい → のですが
まことに、<ruby>申<rt>もう</rt></ruby>し<ruby>上<rt>あ</rt></ruby>げにくいのですが…。
實在是有點難以開口……。

❸ <ruby>私<rt>わたくし</rt></ruby> → どもの → <ruby>努力<rt>ど りょく</rt></ruby> → では → どうにも → ならない
→ こと → でございます
<ruby>私<rt>わたくし</rt></ruby>どもの<ruby>努力<rt>ど りょく</rt></ruby>では、どうにもならないことでございます。
我們的努力實在是改變不了現狀。

❹ ご了承 → して → いただけません → でしょうか

ご了承していただけませんでしょうか。

可否請您多多見諒。

❺ ＣＩＦ → ベース → でしたら → 5 ％ の → 値上げを → お願い → いたします

ＣＩＦベースでしたら 5 ％ の値上げをお願いいたします。

如果是以CIF為交易基準的話，我們可能要調高5%的售價。

❻ そう → ですか → それでは → ですね

そうですか…。それではですね。

這樣子啊……。那麼〜。

❼ うちの → ほう → でも → 物流を → もう一度 → 見直して → みます

うちのほうでも、物流を、もう一度、見直してみます。

我們這邊也要再一次檢視物流的費用。

職場會話原來如此　Track 7-2-3

跟客戶說明價格調漲，真是難啊！幾經一番掙扎後，小邱鼓起勇氣拜訪客戶市川先生。

小邱

・本日は、お願いがありまして、お伺いいたしました。

今天前來拜訪您是有事要請求您的。

市川

・どういったことでしょうか。
什麼事呢？

小邱

・まことに、申し上げにくいのですが、価格の見直
しをしなければならない状況になりまして…。
實在是有點難以開口，不過我們現在面臨必須重新檢視價格
……。

市川

・はあ、値上げですか。
啊，您說的是漲價嗎？

小邱

・はい。原油価格の上昇で、製造や物流コストを上
げざるを得なくなりました。これは、私どもの努
力では、どうにもならないことでございますの
で、ご了承していただけませんでしょうか。
是的，因為原油價格上升的關係，製造與物流費用都在不得已的
狀況下被迫提高了。這樣的事情對我們來說，我們的努力也無法
改變現狀，所以想請您多多見諒。

市川

・それで、どれくらいになりますか？
那麼，價格大概會變成多少呢？

小邱

・FOBベースですと、３％、CIFベースですと
５％の値上げをお願いいたします。
如果是以FOB為交易基準的話，價格漲3%；如果是以CIF為交易
基準的話，要漲到5%。

市川
・５ ％ ですか！
5％啊！

小邱
・はい…。
是的……。

市川
・そうですか…。それではですね、次回の出荷
はＦＯＢベースで見積もっていただけますか。
うちのほうでも、物流を、もう一度、見直してみ
ます。
這樣子啊……。那麼，下次的出貨可以請你們幫我以FOB交易來
估價嗎？我們這邊也要再重新檢視一下物流的費用。

小邱
・かしこまりました。
好的，我知道了。

UNIT
3

値引きで利を得る
ねび　　り　　え

給客戶適當的折扣

これはタブー！這麼做你就慘了！

　お得意さんを放って置くのはタブー。取引が安定してきた得意先には、積
とくい　　　ほお　　お　　　　　　　たぶー　　とりひき　あんてい　　　　とくいさき　　　せっ
極的に、営業しよう。
きょくてき　　　えいぎょう

　把客戶丟在一邊不管，你就慘啦！！對於長久以來交易一直很穩定的客
戶，一定要積極地再給予業務刺激。

> **一分鐘學一句**
> **職場單字學習法** 🎧 Track 7-3-1

❶ 利 → り → り　利潤、利益
り

❷ 放ります → ほ　お　り　ま　す
ほお
→ ほおります　放置、放任

❸ 積極的 → せっ　きょ　く　て　き
せっきょくてき
→ せっきょくてき　積極的

❹ 当然 → と　う　ぜ　ん → とうぜん　當然
とうぜん

❺ 贔屓 → ひ　い　き → ひいき　袒護、喜好
ひ　き

❻ 検討 → け　ん　と　う → けんとう　　檢討

❼ かねます → か　ね　ま　す → かねます　　難以~

❽ 結構な → けっ　こ　う　な → けっこうな　　可以的

❾ もっとも → もっ　と　も → もっとも　　當然

❿ 価値 → か　ち → かち　　價值

一分鐘學一句
分段式會話學習法　　Track 7-3-2

❶ ご贔屓に → して → いただいて → おります
ご贔屓にしていただいております。

您一直對我們很好。

❷ 長期的に → 見て → いただいて → ご注文量を
→ 増やして → いただけない → でしょうか

長期的に見ていただいて、ご注文量を増やしていただけないでしょうか。

如果以長期性計劃來看，不知您是否可以增加訂購量呢？

❸ 総数量が → 多く → なりますと → 価格を → 最大
→ 5 ％ → 下げる → ことが → できます

総数量が多くなりますと、価格を最大5 ％ 、下げることができます。

總數量變多的話，價格最多可以下降5%。

❹ すぐには → お返事 → でき → かねる → のですが

すぐにはお返事できかねるのですが。

我可能無法立刻回覆您。

❺ ご → もっとも → です

ごもっともです。

這是當然的。

❻ それは → 考える → 価値は → ありますね

それは考える価値はありますね。

這值得好好思考一下。

❼ ご検討 → の上 → よい → お返事を → いただきたいと
→ 思います

ご検討の上、よいお返事をいただきたいと思います。

希望在您檢討過後可以得到好消息。

小邱拜訪合作許久的本田先生的公司去談有關折扣的問題。

小邱

・本日は、お時間をいただきまして、ありがとうございます。

謝謝您今天專程撥空把時間留給我。

本田

・今日は、よいお話をうかがえるということですが。

今天好像可以聽到什麼好消息喔！

小邱

・はい、ヤマトさんには、ご贔屓にしていただいておりますので、価格を見直そうと、いろいろと検討させていただきました。

是的，因為我們一直受到您YAMATO公司的照顧，所以我們想要在價格方面再重新做調整。

本田

・それはそれは。

哇～不錯喔！

小邱

・それでなんですが、定期的にご注文いただいておりますが、長期的に見ていただいて、ご注文量を増やしていただけないでしょうか。総数量が多くなりますと、価格を最大で5％、下げることができます。

到目前為止我們都有接到您定期的固定訂單，所以我們想，是否可以以長期的計劃來看，增加貴公司的訂單量呢？總數量變多的話，價格最多可以下降5％。

本田
・5 ％ ですか。

5％嗎？

小邱
・はい。いかがでしょうか。

是的，您覺得如何呢？

本田
・うちとしても結構なお話ですが、生産計画を見直
すことにもなりますので、すぐにはお返事できか
ねるのですが。

這對我們公司來説也是好事，但我們必須重新調整生產計劃，所
以我可能沒辦法立刻回覆您。

小邱
・それは、ごもっともです。

那是當然的。

本田
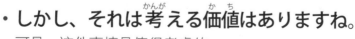
・しかし、それは考える価値はありますね。

可是，這件事情是值得考慮的。

小邱
・是非、ご検討の上、よいお返事をいただきたいと
思います。

那麼，希望在您檢討過後可以得到好消息。

値引き交渉に応じる
巧妙地處理客戶殺價

 これはタブー！這麼做你就慘了！

値引きで利益を損なってはいけない。得意先の動向には常に**アンテナ**を
張っておこう。

客戶要殺價，不能讓客戶予取予求地殺價，不然你就虧大了！要經常了
解往來客戶的動向。

一分鐘學一句
職場單字學習法 Track 7-4-1

❶ **アンテナ** → あ　ん　て　な → あんてな　天線、情報

❷ **張ります** → は　り　ま　す → はります　收集（情報）

❸ **返答** → へ　ん　と　う → へんとう　回覆

❹ **やり手** → や　り　て → やりて　做法

❺ **すこしずつ** → す　こ　し　ず　つ
　　→ すこしずつ　一點一點地

❻ **要請** → よ　う　せ　い → ようせい　要求、請求

❼ すでに → す　で　に → すでに　已經

❽ ぎりぎり → ぎ　り　ぎ　り → ぎりぎり　接近極限

❾ ディスカウント → でぃ　す　か　う　ん　と
　 → でぃすかうんと　折扣

❿ プロジェクト → ぷ　ろ　じぇ　く　と
　 → ぷろじぇくと　計劃

⓫ 浅い → あ　さ　い → あさい　淺的

⓬ 自信作 → じ　し　ん　さ　く
　 → じしんさく　最有自信的作品、表現

一分鐘學一句
分段式會話學習法　Track 7-4-2

❶ わざわざ → お越し → いただき → 申し訳 → ありません
わざわざ、お越しいただき、申し訳ありません。
不好意思，還讓您專程跑一趟。

❷ 先日の → 値引きの → 件 → ですが → 4％ → までの
→ 値引きは → 可能 → です
先日の値引きの件ですが、4％までの値引きは可能
です。
前幾天您所提及的降價一事，我們最多可以降4%。

❸ 新しい → プロジェクトの → 受注を → されたと
→ うかがって → おります

新しいプロジェクトの受注をされたとうかがっております。

我想，是否可以接到您們新生產計劃的訂單。

❹ そこで → ご相談 → なん → ですが

そこで、ご相談なんですが。

因此想跟您商量。

❺ その際 → には → 弊社を → 使って → いただけない
→ でしょうか

その際には、弊社を使っていただけないでしょうか。

生產時，您是否可使用敝公司的產品呢？

❻ 販売して → から → まだ → 日が → 浅いの → ですが
→ すでに → 実績を → あげて → いる → 商品 → です

販売してから、まだ、日が浅いのですが、すでに、
実績をあげている商品です。

開始販賣之後沒有多久，已經是一個交出亮眼成績的產品。

❼ 価格的に → 何か → ご提案が → あるの → では
→ ありませんか

価格的に、何かご提案があるのではありませんか。

價格上不知您是否有什麼新的提案？

❽ 特別の → 価格を → 提供させて → いただきます

特別の価格を提供させていただきます。

我們會提供您特別的優惠價格。

❾ それに → つきましては → ここで → お答え → する
→ わけ → には → いきません

それにつきましては、ここで、お答えするわけにはいき
ません。

關於這一點，我沒辦法在這裡立刻回答您。

❿ 日を → 変えて → ご相談する → ということで
→ いかがでしょうか

日を変えて、ご相談するということで、いかがでしょうか。

我們改天再商談，您覺得如何？

⓫ 担当の者 → とも → 話を → しまして → 後日 → ご連絡
→ いたします

担当の者とも話をしまして、後日、ご連絡いたします。

我和負責人商量之後，改天再回覆您。

前幾天佐藤先生要求小邱降價，這一天小邱為了這件事去找對方。小邱不愧
是個能幹的業務員。不只適當地降低價格讓對方開心，還把降價結合了新的
訂單，小邱愈來愈有個人業務風格了！

佐藤

・邱さん、わざわざ、お越しいただき、申し訳あり
ません。

不好意思，還讓您專程跑一趟。

小邱

・いいえ。先日の値引きのご要請の件ですが、アイチーさんは大切なお得意さんですので、特別の価格でお出しします。ただ、ＲＵは、すでに、ぎりぎりの価格で提供しておりますので、４％のディスカウントが精一杯です。

不會。之前關於您所提出的降價一事，貴公司AICHI是我們重要的客戶，所以我們會給您特別價格。只是RU目前的價格已經快接近成本了，在我們最大的努力之下，能提供給您4％的折扣。

佐藤

・ああ…、そうですか。

啊……這樣子啊。

小邱

・ところで、アイチー工業さんでは、新しいプロジェクトの受注をされたとうかがっております。そこで、ご相談なんですが、その際には、弊社のＲＵ200を使っていただけないでしょうか。

對了，我們想，是否可以接到您們新的生產計劃的訂單呢？想跟您商量，生產時，您是否可使用敝公司的RU200產品呢？

佐藤

・ＲＵ200ですか。

RU200嗎？

・はい。ご存知のように、ＲＵ200は、販売してから、まだ、日が浅いのですが、すでに、実績をあげている商品です。今後は、弊社の主力商品になる自信作です。

是的。如您所知的，RU200開始販賣之後沒有多久，已經是一個交出亮眼成績的產品。今後也是敝公司的主力商品。

佐藤

・それで、価格的に、何かご提案があるのではありませんか。

因此，在價格上不知您是否有什麼新的提案？

小邱

・いやあ。先を越されてしまいました。ええ、もし、RU200も使っていただけるようでしたら、RUと合わせて、特別の価格を提供させていただきます。

哎呀～被您早一步提出了。是的，假如您可以使用RU200，和原本使用的RU合購的話，我們將提供您特別的價格。

佐藤

・なるほど。

原來如此。

小邱

・RU200のご注文数もRUと同数でしたら、合わせて6 ％ から10 ％ は値引き可能です。

RU200的訂購量和RU一樣的話，我們大概可以提供6％～10％的折扣價。

佐藤

・それは大きいですねえ。

這樣便宜很多耶！

小邱

・毎月の生産量がお分かりでしたら、すぐに、見積もらせていただきますが。

您知道每個月的生產量之後，可以立刻讓我們為您估價嗎？

佐藤

・ んん…。いいお話ですが、それにつきましては、
ここで、お答えするわけにはいきませんので、
日を変えて、ご相談するということで、いかがで
しょうか。

嗯……。這聽起來不錯，但針對這件事情，我沒辦法在這裡回答
您。可以改天再跟您談這件事嗎？

小邱

・ はい。是非、ご検討ください。では、ＲＵにつき
ましては、次の出荷から、こちらの価格でお出し
いたします。

好的，請您務必衡量看看。那麼，關於RU的價格，下一次出貨
時就以這個價格來出貨。

佐藤

・ ありがとうございます。ＲＵ200の件は、担当の者
とも話をしまして、後日、ご連絡いたします。

謝謝。RU200一事我會和負責人商量之後，改天再跟您聯絡。

小邱

・ よろしくお願いいたします。

敬請多多指教。

UNIT
5

交渉が行き詰る
雙方難達成共識

 これはタブー！這麼做你就慘了！

交渉が行き詰った時、客を追い詰めてはいけない。今回がダメでも、将来は得意先になるように努力しよう。

　　假如雙方的交涉無法達成共識時，絕對不可以一直逼迫或給客戶壓力。假如這一次無法順利交涉成功的話，請繼續努力，讓對方成為自己的長期客戶吧！

> 一分鐘學一句
> **職場單字學習法** 🎧⚡ Track 7-5-1

❶ **行き詰ります**→い　き　づ　ま　り　ま　す
　　→いきづまります　　遇到瓶頸

❷ **追い詰めます**→お　い　つ　め　ま　す
　　→おいつめます　　逼迫

❸ **かれこれ**→か　れ　こ　れ→かれこれ　　總之、大概

❹ **かなり**→か　な　り→かなり　　非常

❺ **開きます**→ひ　ら　き　ま　す→ひらきます　　開

❻長い目（ながめ）→ な が い め → ながいめ　長遠眼光

❼望めます（のぞ）→ の ぞ め ま す → のぞめます　希望

❽手一杯（ていっぱい）→ て いっ ぱ い
→ ていっぱい　已經努力到極限了

❾白紙（はくし）→ は く し → はくし　白紙

❿避けます（さ）→ さ け ま す → さけます　避免、避開

⓫付き合い（つ・あ）→ つ き あ い → つきあい　交往

一分鐘學一句
分段式會話學習法　Track 7-5-2

❶こちら → での → 滞在（たいざい）は → 長い（なが）の → ですか
こちらでの滞在（たいざい）は長い（なが）のですか。
您在這裡也服務很久了嗎？

❷かれこれ → 2年（にねん）→ ほど → になります
かれこれ2年（にねん）ほどになります。
加起來總共約2年了。

❸うちの → 希望価格（きぼうかかく）→ とは → かなりの → 開き（ひら）が
→ ありましてね
うちの希望価格（きぼうかかく）とはかなりの開き（ひら）がありましてね…。
和我們希望的預期價格有很大的差異……。

❹もう少し → 何とか → して → いただけない → でしょうか
もう少し何とかしていただけないでしょうか。

您可以再想想辦法嗎？

❺価格を → 優先されるの → でしたら → ＲＵ → のほうが
→ よろしいかと
価格を優先されるのでしたら、ＲＵのほうがよろしいか
と。

假如是以價格為優先的話，我們想RU會比較好。

❻ＲＵも → 悪く → はないの → ですが → 長い目で → 見ると
→ ＲＵ200 → のほうが → 生産性が → 望めます
ＲＵも悪くはないのですが。長い目で見ると、ＲＵ200の
ほうが生産性が望めます。

RU也不錯啦！可是以長遠眼光來看的話，RU200比較適合長期用於生
產。

❼うちの → 工場 → では → この → 計画量で → 手一杯
→ なん → です
うちの工場では、この計画量で、手一杯なんです。

對我們工廠來說，這個預期的量已經是極限了。

❽白紙に → 戻す → という → のは → いかが → でしょうか
白紙に戻す、というのはいかがでしょうか。

我們再重新談一次，您覺得如何呢？

❾また → 何か → ございましたら → ご連絡 → ください
また、何かございましたら、ご連絡ください。

如果您還有需要的話，請再與我們聯絡。

⑩ これも → 何かの → ご縁 → でしょう
これも何かのご縁でしょう。

這也是一種緣分吧！

前幾天小邱為了開發新的客戶前去拜訪山本先生。對方希望可以談談交易條件，所以今天由長谷川學長陪同小邱一起去。

山本

・お忙しいところを、申し訳ありませんね。

百忙之中麻煩您，真是不好意思。

這時候你要這麼做

先自己打招呼，然後介紹同行的公司同事。注意同事名字後面不能加「～さん」的尊稱。

小邱

・いいえ、ご連絡ありがとうございます。ご紹介いたします。こちらは、同じ営業を担当しております、長谷川です。

不會，謝謝您與我們聯絡。我來為您做介紹，這位是我們公司裡一樣擔任業務的長谷川。

長谷川

・長谷川と申します。

你好，我叫長谷川。

山本

・長谷川さんは、こちらでの滞在は長いのですか。

長谷川先生在這間公司待很久了嗎？

長谷川

・そうですね、かれこれ2年ほどになります。

是啊，加起來總共約2年了。

山本

・そうですか。私は、もう、ここで１２年ですよ。実は、先日、ご紹介していただいたＲＵ200の件ですが、製造部門のほうからは是非に、ということなのですが…。うちの希望価格とはかなりの開きがありましてね…。どうでしょうか、もう少し何とかしていただけないでしょうか。

這樣子啊！我已經在這裡有12年了。
其實，今天想針對前幾天您介紹給我們的RU200一事跟您談談。
我們製造部門希望我務必要跟您談一下……，因為您給的價格和我們希望的預期價格有很大的差異，不知道您可不可以再想個辦法呢？

小邱

・先日もお話いたしましたように、価格としてはこれ以上下げられないほどでご提供しております。価格を優先されるのでしたら、ＲＵのほうがよろしいかと。

如同前幾天跟您報告的一樣，價格方面可能無法再低了。如果以價格為優先考量的話，RU會比較好。

山本

- ＲＵも悪くはないのですが、長い目で見ると、
ＲＵ200のほうが生産性が望めますよねえ。

  RU也不錯啦！可是以長遠眼光來看的話，RU200比較適合長期用於生產。

 小邱

- ええ、では、ご注文量を増やしていただくわけにはいきませんか。

  是，那麼您可以增加訂購量嗎？

 山本

- ええ、残念ながら、うちの工場では、この計画量で、手一杯なんです。長谷川さん、いかがなものですか。

  很遺憾地，對我們工廠來説，這個預期的量已經是極限了。長谷川先生您覺得怎麼樣呢？

 長谷川

- もう一度、白紙に戻す、というのはいかがでしょうか。弊社としては、是非、使っていただきたいのですが、原価割れは避けなければなりませんし。

  我想，不如我們再重新談一次怎麼樣呢？對本公司來説，我們非常希望您使用我們的產品，而且我們也不希望原價被降低。

 山本

- お互いビジネスですからね…。わかりました。残念ですが、今回は白紙に戻すということにしましょう。邱さん、長谷川さん、申し訳ないですね。

  我們也都是在做生意嘛……。好的，我知道了。很遺憾，這次的案子可能要重新談了。邱先生，長谷川先生，真的很抱歉喔！

小邱

・いいえ、とんでもない。これを機に、お付き合い
させていただきたいと思います。

不，沒關係。希望可以藉這次的機會，之後有機會與您合作。

長谷川

・また、何かございましたら、是非、弊社にご連絡
をください。

如果有需要服務的地方，請您一定要與本公司聯絡。

大口の注文をもらう！
接下大訂單！

 これはタブー！這麼做你就慘了！

一度、相手に伝えた**割引率**を下げるのはタブー！最大の値引きはできなくても、相手が喜ぶ手はある。

曾經給客戶的折扣率，就不可以再把價格調高！雖然無法給客戶最大的折扣，但還是有方法可以讓對方感到開心的。

> 一分鐘學一句
> **職場單字學習法** 🎧 Track 7-6-1

❶ もらいます → も　ら　い　ま　す → もらいます　收到

❷ 割引率 → わ　り　び　き　り　つ → わりびきりつ　折扣率

❸ 想定します → そ　う　て　い　し　ま　す
　　→ そうていします　預想

❹ 〜の通り → の　と　お　り → 〜のとおり　如同〜一樣

❺ 第一期 → だ　い　いっ　き → だいいっき　第一期

❻ 無理 → む　り → むり　勉強

❼オープン・アカウント → お お ぷ ん あ か う
ん と → おおぷん・あかうんと　　出貨後（約定期間）付款

❽セーブします → せ え ぶ し ま す
→ せえぶします　　免去（手續費）

❾発注書 → はっ ちゅ う しょ → はっちゅうしょ　　訂單

❿祝杯 → しゅ く は い → しゅくはい　　舉杯慶祝

一分鐘學一句
分段式會話學習法　　Track 7-6-2

❶生産 → 予定数は → お分かり → ですか
生産予定数はお分かりですか。

預定生產數已經可以得知了嗎？

❷正確な → 割引率は → すぐに → 計算 → いたします
正確な割引率は、すぐに、計算いたします。

我立刻為您計算正確的折扣率。

❸第一期で → 10万台の → 予定 → です
第一期で10万台の予定です。

第一期預計是10萬台。

❹10％は → 無理 → ですか
10％は無理ですか。

沒辦法給10％嗎？

❺ それは → ちょっと → 厳^{きび}しい → です

それはちょっと厳^{きび}しいです。

這有一點困難。

❻ それで → なん → ですが

それでなんですが、

因此～

❼ オープン → アカウント → にして → 銀行^{ぎんこう}の → 手数料^{てすうりょう}を → セーブ^{せーぶ}する → という → ことで → いかが → でしょうか

オープン・アカウントにして、銀行^{ぎんこう}の手数料^{てすうりょう}をセーブ^{せーぶ}する、ということでいかがでしょうか。

我們可以用出貨後付款的方式，免去銀行的手續費。您覺得呢？

職場會話原來如此　Track 7-6-3

對RU200很有興趣的AICHI工業的佐藤先生再次與小邱聯絡。大家開始預想各種場面並做好萬全準備！出發！

小邱

・佐藤^{さとう}さん、ご連絡^{れんらく}ありがとうございます。

佐藤先生，謝謝您與我聯絡。

佐藤

・お忙しいところを、わざわざ、すみませんね。
早速ですが、なるほどさんのＲＵ200を使いたいの
ですが。

百忙之中，還讓您專程來真不好意思。
我們盡快進入主題吧！我們想要使用原來如此公司的RU200。

小邱

・ありがとうございます。

謝謝。

佐藤

・前回、ＲＵと合わせると、6 ％ から10 ％ のディ
スカウントをしていただける、ということでした
ね。

上一次您有提到，如果和RU一起訂的話，可以給我們6%～10%
的折扣。

小邱

・はい。生産予定数はお分かりですか。教えていた
だけましたら、正確な割引率を、すぐに、計算い
たします。

是的，您已經有預定生產數量了嗎？您告訴我之後，我就會立刻
為您計算正確的折扣率。

佐藤

・第一期で10万台の予定です。
第一期預定10萬台。

小邱

・ＲＵのご注文はこれまで通りですね。
RU的訂購量也是一樣，對嗎？

佐藤

・ええ。
是的。

小邱

・そういたしますと、ＲＵとＲＵ200で…。
ええと、８％は可能です。
那麼，RU和RU200……，嗯～可以給您8%的折扣。

佐藤

・10％は無理ですか。
沒有辦法給到10%嗎？

小邱

・それはちょっと厳しいです。それでなんですが、
今回、ＲＵ200をご注文していただくと、出荷の
回数も増えると思いますので、お支払い方法は、
オープン・アカウントにして、銀行の手数料を
セーブする、ということでいかがでしょうか。
這可能有點困難。不過，這次因為您向我們訂購RU200，之後的
出貨次數也會增加，所以在貨款支付方面，我們可以用出貨後付
款的方式，讓您免去銀行的手續費，您覺得這樣好不好呢？

佐藤

・じゃあ、そうしてもらえますか。
那就謝謝你了。

小邱

・弊社では、出荷日から15日後のお支払い、となっ
ておりますが、よろしいですか。
我們公司是在出貨日後15天內跟客戶收貨款，這樣子可以嗎？

270

佐藤

・結構です。正式な発注書は、今週中に、お送りいたします。

好的。正式的訂購單，這一週我會再傳給您。

小邱

・わかりました。ありがとうございます。

好的，我知道了，謝謝！

離開辦公室後，小邱馬上用手機向辦公室的同事們說這件好消息。今晚大家免不了要喝一攤囉！

第8章

職場の宝

戦勝職場秘笈

職場祕笈一 ▶ 日商必學敬語

 ❶〜れる・られる　用被動態表示敬語

表示尊敬的句型。使用在描述對方的動作，表示對對方的敬意。

接續方法：

第I類動詞	被　動	第II類動詞	被　動	第III類動詞	被　動
のむ	飲まれる	食べる	食べられる	する	される
かえる	かえられる	起きる	起きられる	くる	こられる
いく	いかれる	降りる	降りられる		

例：
- **社長はいつ帰られますか。**

  董事長什麼時候回來呢？

- **課長は今日の会議に出席されますか。**

  課長您會出席今天的會議嗎？

 ❷お＋動詞　になる　「您〜」

表示尊敬的句型。

接續方法：**お＋動詞ます形＋になる。**

例：
- **課長はいつお国へお帰りになりますか。**

  課長什麼時候回國呢？

- **この資料をお読みになりますか。**

  您要看這本書嗎？

❸お＋ください　「請您～」、「～てください」的敬語。

接續方法：**お＋動詞ます形＋ください**

例：・どうぞこちらにお座りください。
　　　這邊請坐。

・どうぞお名前とご住所をお書きください。
　　請寫上您的大名和住址。

❹お＋する　「我來為您～」、「我～」

表示謙讓的句型。

接續方法：**お＋動詞ます形＋する**

例：・お荷物をお持ちしましょうか。
　　　我來幫您拿行李吧。

・またあとでお掛けします。
　　待會兒再打給您。

❺お＋いたす　「我來為您～」、「我～」

表示謙讓的句型。比「お＋する」更謙讓。

接續方法：**お＋動詞ます形＋いたす**

例：・**先ほど、ファクスで資料をお送りいたしました。**

剛才已經用傳真機把資料傳真給您了。

・**タクシーはお呼びいたしました。**

已經為您叫了計程車。

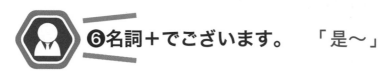 **❻名詞＋でございます。　「是～」**

「～です」的鄭重說法，比較尊敬。

接續方法：**名詞＋でございます。**

例：・**こちらはお客様のサンプルでございます。**

這是客人您的樣品。

・**こちらはおつりの１５０円でございます。**

這是找您的零錢150元。

◆特別的敬語與謙讓語用法◆

動　詞	敬　語	謙　讓　語	中　文
いきます きます	いらっしゃいます ～ていらっしゃいます	まいります	去 來
います ～ています	いらっしゃいます ～ていらっしゃいます	おります ～ております	在～ 正在～
たべます のみます	めしあがります	いただきます	吃 喝
もらいます ～てもらいます		いただきます ～ていただきます	接受、收到

いいます 〜といいます	おっしゃいます 〜とおっしゃいます	もうします 〜ともうします	説 叫做〜
しっています しりません	ごぞんじです	ぞんじております ぞんじません	知道 不知道
みます	ごらんになります	はいけんします	看
します	なさいます	いたします	做
くれます 〜てくれます	くださいます 〜てくださいます		（別人）給〜 別人為我〜
ききます いきます	うかがいます		詢問 拜訪
あいます		おめにかかります	見面

◆特別美化語◆

原　動　詞	美　化　語
あります 〜です いいですか	ございます 〜でございます よろしいですか

職場祕笈二 ▶ 華人姓氏唸法

趙(ちょう)	錢(せん)	孫(そん)	李(り)	周(しゅう)	呉(ご)	鄭(てい)	王(おう)	馮(ふう)	陳(ちん)	褚(ちょ)	衛(えい)	蔣(しょう)	沈(しん)	韓(かん)
楊(よう)	朱(しゅ)	秦(しん)	尤(ゆう)	許(きょ)	何(か)	呂(ろ)	施(し)	張(ちょう)	孔(こう)	曹(そう)	厳(がん)	華(か)	金(きん)	魏(ぎ)
陶(とう)	姜(きょう)	戚(せき)	謝(しゃ)	鄒(すう)	喩(ゆ)	柏(はく)	水(すい)	竇(とう)	章(しょう)	雲(うん)	蘇(そ)	潘(はん)	葛(かつ)	奚(けい)
範(はん)	彭(ほう)	郎(ろう)	魯(ろ)	韋(い)	馬(ば)	苗(びょう)	鳳(ほう)	花(か)	方(ほう)	俞(ゆ)	任(じん)	袁(えん)	柳(りゅう)	鮑(ほう)
史(し)	唐(とう)	費(ひ)	廉(れん)	岑(しん)	薛(せつ)	雷(らい)	賀(が)	倪(げい)	湯(とう)	滕(とう)	殷(いん)	羅(ら)	畢(ひつ)	郝(かく)
鄔(う)	安(あん)	常(じょう)	楽(がく)	於(お)	時(じ)	傅(ふ)	皮(ひ)	卞(べん)	斉(せい)	康(こう)	伍(ご)	元(げん)	顧(こ)	孟(もう)
平(へい)	黄(こう)	和(わ)	穆(ぼく)	蕭(しょう)	尹(いん)	姚(よう)	邵(しょう)	湛(たん)	汪(おう)	祁(き)	毛(もう)	禹(う)	狄(てき)	米(べい)
貝(ばい)	明(めい)	臧(ぞう)	計(けい)	伏(ふく)	成(せい)	戴(たい)	談(だん)	宋(そう)	茅(ぼう)	龐(ほう)	熊(ゆう)	紀(き)	舒(じょ)	屈(くつ)
項(こう)	祝(しゅく)	董(とう)	梁(りょう)	杜(と)	阮(げん)	藍(らん)	閔(びん)	席(せき)	季(き)	麻(ま)	強(きょう)	賈(きか)	路(ろ)	婁(ろう)
危(き)	江(こう)	童(どう)	顔(がん)	郭(かく)	梅(ばい)	盛(せい)	林(りん)	刁(ちょう)	鍾(しょう)	徐(じょ)	邱(きゅう)	駱(らく)	高(こう)	夏(か)
蔡(さい)	田(でん)	樊(はん)	胡(こ)	凌(りょう)	霍(かく)	虞(ぐ)	万(ばん)	支(し)	柯(か)	管(かん)	盧(ろ)	莫(ばく)	房(ぼう)	裘(きゅう)
繆(びゅう)	乾(けん)	解(かい)	応(おう)	宗(しゅう)	宗(そう)	丁(てい)	鄧(とう)	單(ぜん)	杭(こう)	洪(こう)	包(ほう)	諸(しょ)	左(さ)	石(せき)
崔(さい)	吉(きつ)	鈕(ちゅう)	龔(きょう)	程(てい)	嵇(けい)	邢(けい)	裴(はい)	陸(りく)	翁(おう)	于(う)	恵(けい)	甄(けん)	曲(きょく)	封(ほう)
靳(きん)	段(だん)	富(ふ)	巫(ふ)	烏(う)	焦(しょう)	巴(は)	弓(きゅう)	車(しゃ)	侯(こう)	全(ぜん)	班(はん)	秋(しゅう)	伊(い)	宮(きゅう)
仇(きゅう)	甘(かん)	戎(じゅう)	祖(そ)	武(ぶ)	符(ふ)	劉(りゅう)	景(けい)	詹(せん)	竜(りゅう)	葉(よう)	黎(れい)	溥(ふ)	白(はく)	蒲(ほ)
從(じゅう)	賴(らい)	卓(たく)	藺(りん)	屠(と)	蒙(もう)	池(ち)	喬(きょう)	陽(よう)	翟(てき)	譚(たん)	労(ろう)	申(しん)	冉(ぜん)	酈(れき)
桑(そう)	桂(けい)	牛(ぎゅう)	辺(へん)	冀(き)	浦(ほ)	尚(しょう)	農(のう)	温(おん)	荘(そう)	柴(さい)	瞿(く)	閻(えん)	慕(ぼ)	連(れん)
艾(がい)	向(こう)	古(こ)	易(えき)	戈(か)	廖(りょう)	庾(ゆ)	居(きょ)	歩(ほ)	都(と)	耿(こう)	匡(きょう)	文(ぶん)	寇(こう)	広(こう)
闕(けつ)	欧(おう)	師(し)	鞏(きょう)	聶(じょう)	勾(こう)	冷(れい)	辛(しん)	那(な)	簡(かん)	饒(じょう)	曾(そ)	沙(さ)	豊(ほう)	関(かん)
査(さ)	荊(けい)	游(ゆう)	藍(らん)	項(こう)	岳(がく)	郁(いく)	丘(きゅう)	況(きょう)	玄(げん)	辜(こ)	鄺(こう)	谷(こく)	賽(さい)	佘(しゃ)
商(しょう)	焦(しょう)	楚(そ)	是(てい)	展(てん)	涂(と)	佟(とう)	南(なん)	粘(ねん)	年(ねん)	寧(ねい)	范(はん)	樊(はん)	文(ぶん)	輔(ほ)
保(ほ)	牟(ぼう)	門(もん)	余(よ)	薄(はく)	睢(すい)	房(ぼう)	厲(れい)	楼(ろう)	鹿(ろく)	司馬(しば)	上官(じょうかん)	歐陽(おうよう)	諸葛(しょかつ)	
東方(とうほう)	赫連(かくれん)	皇甫(こうほ)	尉遲(いち)	尉遲(うっち)	公孫(こうそん)	宇文(うぶん)	長孫(ちょうそん)	慕容(ぼよう)	司徒(しと)	范姜(はんきょう)	郭李(かくり)			

UNIT 3　職場祕笈三 ▶ 日本人姓氏唸法

鈴木（すずき）	池田（いけだ）	中川（なかがわ）	安藤（あんどう）	北村（きたむら）	佐藤（さとう）
岡田（おかだ）	西村（にしむら）	坂本（さかもと）	河野（こうの）	田中（たなか）	橋本（はしもと）
竹内（たけうち）	横山（よこやま）	永井（ながい）	高橋（たかはし）	小川（おがわ）	福田（ふくだ）
武田（たけだ）	杉山（すぎやま）	中村（なかむら）	石川（いしかわ）	松田（まつだ）	内田（うちだ）
野口（のぐち）	渡辺（わたなべ）	近藤（こんどう）	和田（わだ）	大野（おおの）	大塚（おおつか）
伊藤（いとう）	石井（いしい）	田村（たむら）	宮崎（みやざき）	木下（きのした）	小林（こばやし）
長谷川（はせがわ）	山下（やました）	森田（もりた）	丸山（まるやま）	山本（やまもと）	阿部（あべ）
原田（はらだ）	市川（いちかわ）	松尾（まつお）	加藤（かとう）	中島（なかじま）	中野（なかの）
藤原（ふじわら）	小山（こやま）	吉田（よしだ）	山崎（やまざき）	石田（いしだ）	斉藤（さいとう）
関（せき）	山田（やまだ）	青木（あおき）	金子（かねこ）	小島（こじま）	高田（たかだ）
井上（いのうえ）	藤田（ふじた）	高木（たかぎ）	松井（まつい）	佐野（さの）	斎藤（さいとう）
太田（おおた）	中山（なかやま）	桜井（さくらい）	岩崎（いわさき）	林（はやし）	後藤（ごとう）
遠藤（えんどう）	村田（むらた）	工藤（くどう）	木村（きむら）	藤井（ふじい）	三浦（みうら）
水野（みずの）	新井（あらい）	松本（まつもと）	前田（まえだ）	柴田（しばた）	平野（ひらの）
佐々木（ささき）	村上（むらかみ）	上田（うえだ）	島田（しまだ）	森（もり）	岡本（おかもと）
野村（のむら）	服部（はっとり）	清水（しみず）	原（はら）	酒井（さかい）	宮本（みやもと）
山口（やまぐち）	小野（おの）	今井（いまい）	上野（うえの）		

◆讀音特殊的姓氏◆

白柳（しらやなぎ）	五十嵐（いがらし）	宝来（ほうらい）	東海林（しょうじ）	千住（せんじゅ）	香西（こうざい）
衣川（きぬがわ）	都留（つる）	讃岐（さぬき）	蒲池（かまち）	碓氷（うすい）	生方（うぶかた）

職場祕笈四 ▶ 日本商社各部門說法

本社 ほんしゃ	Head Office	總公司
支社・支店 し しゃ　し てん	Branch Office	分公司；分店
部 ぶ	Division	～部門
課 か	Section	～課
営業所 えいぎょうしょ	Sales Office	營業處
営業 えいぎょう	Sales	業務部
経理 けい り	Accounting	會計部
資材 し ざい	Material	備料部
研究開発 けんきゅうかいはつ	Research & Development	研發部
人事 じん じ	Personnel	人事
総務 そう む	General Affairs	總務
生産管理 せいさんかん り	Production Systems	生產管理
物流 ぶつりゅう	Logistics	物流

UNIT 5 職場祕笈五▶
日本商社內部職稱說法

かいちょう 会長	Chairperson/Chairman	董事長
しゃちょう 社長	President	總經理
ふくしゃちょう 副社長	Executive Vice President	副總經理
だいひょうとりしまりやく 代表取締役	Representative Director	代表董事
せんむとりしまりやく 専務取締役	Executive Director	執行董事
じょうむとりしまりやく 常務取締役	Managing Director	常務董事
とりしまりやく 取締役	Director	董事
ほんぶちょう 本部長	General Manager	協理
ししゃちょう　してんちょう　しょちょう 支社長・支店長・所長	Branch Manager	分公司經理； 分店長；所長
こうじょうちょう 工場長	Factory Manager	廠長
ぶちょう 部長	General Manager	部門經理
ふくぶちょう 副部長	Deputy General Manager	副部門經理
かちょう 課長	Manager	經理
かちょうだいり 課長代理	Deputy Manager	代理經理
かかりちょう 係長	Subsection Chief	組長
しゅにん 主任	Chief	主任

職場祕笈六▶
日期、數量詞、數字說法

◆星期◆

にちよう び 日曜日	げつよう び 月曜日	か よう び 火曜日	すいよう び 水曜日	もくよう び 木曜日	きんよう び 金曜日	ど よう び 土曜日
星期日	星期一	星期二	星期三	星期四	星期五	星期六

◆月份◆

いちがつ 一月	に がつ 二月	さんがつ 三月	し がつ 四月	ご がつ 五月	ろくがつ 六月
しちがつ 七月	はちがつ 八月	く がつ 九月	じゅうがつ 十月	じゅういちがつ 十一月	じゅう に がつ 十二月

◆日期◆

ついたち 一日	ふつ か 二日	みっ か 三日	よっ か 四日	いつ か 五日	むい か 六日
なの か 七日	よう か 八日	ここの か 九日	とお か 十日	じゅういちにち 十一日	じゅう に にち 十二日
じゅうさんにち 十三日	じゅうよっ か 十四日	じゅう ご にち 十五日	じゅうろくにち 十六日	じゅうしちにち 十七日	じゅうはちにち 十八日
じゅう く にち 十九日	はつ か 二十日	に じゅういちにち 二十一日	に じゅう に にち 二十二日	に じゅうさんにち 二十三日	に じゅうよっ か 二十四日
に じゅう ご にち 二十五日	に じゅうろくにち 二十六日	に じゅうしちにち 二十七日	に じゅうはちにち 二十八日	に じゅう く にち 二十九日	さんじゅうにち 三十日
さんじゅういちにち 三十一日					

◆數字◆

0	ゼロ、れい	40	よんじゅう	800	はっぴゃく
1	いち	50	ごじゅう	900	きゅうひゃく
2	に	60	ろくじゅう	1000	せん
3	さん	70	ななじゅう	2000	にせん
4	よん、し	80	はちじゅう	3000	さんぜん
5	ご	90	きゅうじゅう	4000	よんせん
6	ろく	100	ひゃく	5000	ごせん
7	しち、なな	200	にひゃく	6000	ろくせん
8	はち	300	さんびゃく	7000	ななせん
9	きゅう、く	400	よんひゃく	8000	はっせん
10	じゅう	500	ごひゃく	9000	きゅうせん
20	にじゅう	600	ろっぴゃく	10000	いちまん
30	さんじゅう	700	ななひゃく		

◆量詞◆

• 年齡：～歲

いっさい 一歲	にさい 二歲	さんさい 三歲	よんさい 四歲	ごさい 五歲
ろくさい 六歲	ななさい 七歲	はっさい 八歲	きゅうさい 九歲	じゅっさい 十歲

※注：二十歲＝「二十歲（はたち）」

• 郵票、入場券等，薄的東西：～張

いちまい 一枚	にまい 二枚	さんまい 三枚	よんまい 四枚	ごまい 五枚
ろくまい 六枚	ななまい／しちまい 七枚／七枚	はっまい 八枚	きゅうまい 九枚	じゅうまい 十枚

- 樓層：〜樓

一階 いっかい	二階 にかい	三階 さんかい	四階 よんかい	五階 ごかい
六階 ろくかい	七階 ななかい	八階/八階 はっかい はちかい	九階 きゅうかい	十階 じゅっかい

- 書本：〜冊、〜本

一冊 いっさつ	二冊 にさつ	三冊 さんさつ	四冊 よんさつ	五冊 ごさつ
六冊 ろくさつ	七冊 ななさつ	八冊 はっさつ	九冊 きゅうさつ	十冊 じゅっさつ

- 東西：〜個

一つ ひと	二つ ふた	三つ みっ	四つ よっ	五つ いつ
六つ むっ	七つ なな	八つ やっ	九つ ここの	十 とお

※注：十個以上的單位用「個」；幾個＝「いくつ」

- 人數：〜人

一人 ひとり	二人 ふたり	三人 さんにん	四人 よにん	五人 ごにん
六人 ろくにん	七人 しちにん	八人 はちにん	九人/九人 きゅうにん くにん	十人 じゅうにん

UNIT 7 職場祕笈七 ▶
不可不知的基礎貿易用語

• **AWB (Air Waybill)**

「航空貨物運輸證（航空貨物運送状）」——由航空公司所發出的證明文件，可憑此證提領貨物。

• **B/L (Bill of Lading)**

「船貨提單（船荷証券）」——由船公司發給賣方的文件。賣方透過銀行將此證發給買方。買方可憑此張憑證提領貨物。

• **C&F (Cost & Freight)**

「貨到目的港交貨貿易條件」——貿易條件的一種，為「包含運費」的交易條件。在C&F的條件下，由出口者負擔保險費以外的費用。

• **CIF (Cost, Insurance & Freight)**

「貨含保險到目的港交貨貿易條件」——貿易條件的一種，為包含「運費、保險費」的價格。由出口者負擔貨物到達收件者途中的所有保險費和運費。

• **FOB (Free On Board)**

「船舷交貨貿易條件」——貿易條件的一種，所有貨物裝船或者裝機的所有費用都由出口者負擔。

• **D/A (Documents against Acceptance)**

「承兌交單」——由銀行經手通知客戶貨物已收到，客戶端確認接受該交易，並確認會依議定期間準時付款後，銀行才可將貨運單據交給客戶，由客戶自行領貨。

• **D/P (Documents against Payment)**

「付款交單」——由銀行經手通知客戶貨物已出貨，客戶端付款後，銀行才可將貨運單據交給客戶，由客戶自行領貨。

• Draft

「匯票（荷為替手形<ruby>荷為替手形<rt>にがわせてがた</rt></ruby>）」──開立「匯票」，匯票有點像有抬頭的支票。開票要付銀行開票手續費，只要收到匯票的人把匯票放入與抬頭相同名稱的帳戶，匯票上的金額就會轉入該戶頭。兌票時間長短要視銀行與國外銀行的確票時間而定。

• Invoice

「發票（送<ruby>送<rt>おく</rt></ruby>り狀<ruby>狀<rt>じょう</rt></ruby>）」。

• Irrevocable L/C

「無法取消的信用狀（取消<ruby>取消<rt>とりけ</rt></ruby>し不能<ruby>不能<rt>ふのう</rt></ruby>信用狀<ruby>信用狀<rt>しんようじょう</rt></ruby>）」──依各家銀行不同，係指一種不能變更交易條件或取消交易的信用狀。

• L/C (Letter of Credit)

「信用狀（信用狀<ruby>信用狀<rt>しんようじょう</rt></ruby>）」──簡稱「L/C」。在兩方交易成立時，由進口者向銀行申請開給出口者，證明會由發行銀行付款的付款證明書。這是一種對於出口業者來說最安全也是最確實可以收到貨款的方式。

職場祕笈八▶
不可不知的疫情相關用語

◆新型コロナ禍に関する単語◆

COVID-19疫情相關用語

新型コロナ	新型冠狀
新型コロナウイルス	新型冠狀病毒
不要不急	不須特別緊急辦的事情
自肅	自律、節制、自我管理
ソーシャルディスタンス	社交距離
リモートワーク	遠距工作。自「remote work」演變而來的，中文翻成「遠距工作」或「遠端工作」。
テレワーク	遠距工作、遠距教學
在宅勤務	在家工作
リモート会議	遠距會議、視訊會議
リモート授業	遠距授課 （不一定要連接網路，直接下載檔案上課也是）
オンライン授業	線上教學 （一定要透過網路，並且實際於線上做教學動作）

原來如此 系列 J059

KAKU先生のビジネス日本語

KAKU老師的快熟商用日文

手把手教你應徵日商公司&日商公司生存大補帖！

作　　者	鈴木裕子、郭欣怡
顧　　問	曾文旭
社　　長	王毓芳
編輯統籌	黃璽宇、耿文國
主　　編	吳靜宜
執行主編	潘妍潔
執行編輯	吳芸蓁、范筱翎
美術編輯	王桂芳、張嘉容
行銷企劃	吳欣蓉
法律顧問	北辰著作權事務所　蕭雄淋律師、幸秋妙律師
封面設計	阿作

初　　版	2023年03月
出　　版	捷徑文化出版事業有限公司
電　　話	（02）2752-5618
傳　　真	（02）2752-5619

定　　價	新臺幣400元／港幣133元
產品內容	一書

總 經 銷	采舍國際有限公司
地　　址	新北市中和區中山路二段366巷10號3樓
電　　話	（02）8245-8786
傳　　真	（02）8245-8718

港澳地區經銷商	和平圖書有限公司
地　　址	香港柴灣嘉業街12號百樂門大廈17樓
電　　話	（852）2804-6687
傳　　真	（852）2804-6409

書中圖片由Freepik網站提供。

捷徑 Book站

國家圖書館出版品預行編目資料

KAKU老師的快熟商用日文　KAKU先生のビジネス日
本語 / 鈴木裕子、郭欣怡著. -- 初版. -- [臺北市]：
捷徑文化出版事業有限公司, 2023.03
　面；　公分. -- (原來如此：J059)

ISBN 978-626-7116-25-8(平裝)

1.CST: 日語　2.CST: 會話

803.188　　　　　　　　　　　　　111022403